Der Anfang

Als Samuel Langhorne Clemens am 30. November 1835 in Florida – einem »nahezu unsichtbar kleinen Dorf von wohl hundert Einwohnern« – im Staate Missouri geboren wurde, war das durchaus eine ungewöhnliche Leistung.

Der sich später Mark Twain nennende Schriftsteller sah die Sache so: »Ich vermehrte die Bevölkerungszahl um ein Prozent. Das ist mehr, als viele der hervorragendsten historischen Persönlichkeiten für eine Stadt je hätten vollbringen können ... Die Geschichte nennt keinen anderen Menschen mit einer vergleichbaren Leistung – nicht einmal Shakespeare. Ich aber habe es für Florida getan, und das zeigt, daß ich es für jeden anderen Ort auch hätte tun können, ich glaube, sogar für London.«

Startpositionen

»Es ist gut, das Leben arm zu beginnen; es ist gut, das Leben reich zu beginnen – beides ist zuträglich; aber es arm und mit der Aussicht auf Reichtum zu beginnen! Wer es nicht erlebt hat, kann sich nicht vorstellen, welch ein Fluch das ist«, resümierte Mark Twain in seinem autobiographischen Rückblick.

Dieser »Fluch« hatte seinen Ursprung in einem großen Grundstück in Tennessee, das der Vater einst erworben hatte und Zeit seines Lebens als kluge Geldanlage und Quelle kommenden Reichtums betrachtete. Und mit ihm die ganze Familie, die bei der schlechtbezahlten richterlichen und wenig erfolgreichen kaufmännischen Tätigkeit des John Marshall Clemens stets in Geldnöten war. Der »Fluch« wirkte über den Tod des Vaters im Jahr 1847 hinaus. Twain notierte, daß sein älterer Bruder Orion »eine wertlose Wochenzeitung erwarb, denn er glaubte, wie wir alle, es lohne nicht, etwas Ernsthaftes in Angriff zu nehmen, bevor wir das Land verkauft hätten ... es hielt unsere Hoffnungen wach, schläferte unsere Tatkraft ein und machte uns zu Phantasten. Immer, wenn unsere Lage besonders trüb aussah, stieg es vor uns auf ... 40 Jahre später hatten wir es wegverwaltet und nichts herausgeschlagen.«

Menschen und andere Tiere

Mark Twain sagte über seine Mutter, Jane Lampton Clemens: »Ihre Anteilnahme an Menschen und anderen Tieren war warm, persönlich und freundlich. Sie fand noch am Hartgesottensten stets etwas, das ihn zu entschuldigen geeignet war oder sogar liebenswert erschien – und wenn sie selbst es in ihn hineinlegte. Es gab Leute, die behaupteten, man könne sie, obwohl Presbyterianerin, dazu bringen, sogar für den Teufel ein gutes Wort einzulegen.«

Auch gab er zu, daß er als Kind seiner Mutter eine Menge Ärger bereitete, meinte jedoch: »Ich glaube, sie hat es genossen.«

Wie war es wirklich?

Das am Mississippi gelegene aufstrebende Städtchen Hannibal, in das die Familie 1839 übersiedelte, machte Mark Twain als St. Petersburg zu einem der berühmtesten Schauplätze der Weltliteratur. Immer wieder wurde er gefragt, ob denn dort tatsächlich die Leute gelebt hätten, die er in den Geschichten von Tom Sawyer und Huck Finn schilderte.

Ja.

Tom und Sid – das waren er und sein Bruder Henry, Huck Finn hatte sein Vorbild in Tom Blankenship, Sohn des führenden Stadt-Trunkenboldes, ein – wie Twain meinte – »ehrlicher, inoffiziell anerkannter Beruf«. Neger Jim war dem Sklaven »Onkel Dan'l« nachempfunden, der auf Onkel John Quarles' Farm lebte. Und aus Sams allererster Freundin namens Annie Laurie Hawkins – »Sie war fünf Jahre alt, und ich auch. Ich hatte einen Apfel, verliebte mich in sie und schenkte ihr den Griepsch« – wurde die liebreizende Backy Thatcher. Tante Polly glich Jane Clemens und Cousine Mary Sams Schwester Pamela. Es gab auch den Mischling Indianer Joe. Und es gab die Höhle, in der er sein grausames Ende fand – letzteres jedoch nur im Buch.

Indianer Joe selbst erzählte Sam die Geschichte, wie er sich einmal in den weitverzweigten Gängen der Höhle verirrte und nicht überlebt hätte, wenn ihm die Fledermäuse ausgegangen wären. Mark Twain meinte: »Daß ich Indianer Joe in dem Buch

›Tom Sawyer‹ verhungern ließ, geschah im Interesse der Kunst.«

Ja, es war alles tatsächlich so – und natürlich doch ganz anders.

Nämlich etwa so, wie Mark Twain auf die Frage eines Lesers, der das erstaunliche Erinnerungsvermögen des Schriftstellers bewunderte, antwortete: »Ich selbst betrachte es als sehr viel imponierender, daß mein Gedächtnis sich so gut auf all die Dinge besinnt, die ich nicht erlebt habe.«

Blick zurück

Über die Leute in Hannibal zur Zeit seiner Kindheit sagte Twain später: »Jeder war arm, wußte es aber nicht; und jeder fühlte sich wohl und wußte es. Jeder kannte jeden und war zu jedem freundlich, niemand tat betont vornehm; und doch waren die Klassen sehr deutlich voneinander abgegrenzt ... Und wir lebten in einer Sklavenhaltergemeinde. Als die Sklaverei zu Ende ging, war sie für meine Mutter sechzig Jahre lang eine alltägliche Erscheinung gewesen. So gutmütig und mitfühlend sie war, glaube ich doch, daß sie gar nicht erkannte, welch unverhülltes, groteskes und verwerfliches Unrecht die Sklaverei bedeutet ... So weit ihre Erfahrung reichte, waren die weisen, die guten und die frommen Menschen einhellig der Meinung, die Sklaverei sei richtig, rechtmäßig und gottgefällig.«

Der Sklave Onkel Dan'l

In seiner Kindheit verbrachte Sam die Sommermonate auf dem Hof von Tante Patsy, der Schwester seiner Mutter, und Onkel John Quarles. Der war das genaue Gegenteil des strengen, unnahbaren Vaters und hatte Spaß an den ausgelassenen Spielen Sams mit seinen acht Cousins und Cousinen.

Zwanzig Sklaven gab es auf dem Hof, darunter die alte – die Kinder wußten es genau – mehr als tausendjährige Tante Hannah, die noch mit Moses selber gesprochen hatte und bei ihrer Vertreibung aus Ägypten den Pharao hatte ertrinken sehen. Und was sie alles mit Hexen und Geistern erlebt hatte! Der junge Sklave Harry konnte feurig predigen und hatte seine eigenen Auslegungen der Heiligen Schrift, die bei Sam viel besser ankamen als die langweiligen Bibelstunden und Sonntagsandachten.

Sams bester Freund war ein etwa fünfzigjähriger Sklave – Onkel Dan'l –, der wie üblich weder lesen noch schreiben konnte, aber eine scharfe Urteilskraft hatte und über ein »weites und warmes Herz verfügte, der zutiefst schlicht und ehrlich war und kein Arg kannte«. Mark Twain erinnerte sich: »Obwohl ich ihn nun seit einem halben Jahrhundert nicht mehr gesehen habe, war mir geistig seine liebe Gesellschaft sehr oft nahe, und ich habe ihn in Büchern unter seinem eigenen Namen und als ›Jim‹ abgezeichnet, habe ihn überall hin verschoben – nach Hannibal, auf ein Floß im Mississippi, sogar in einen Ballon, der die

Wüste überquerte – und all das hat er geduldig, freundlich und treu, wie es seine angeborene Art war, mit sich geschehen lassen. Auf jenem Bauernhof habe ich meine entschiedene Vorliebe für seine Rasse gewonnen und meine Verehrung für manche ihrer bewundernswürdigen Eigenschaften.«

In »Huckleberry Finn« gab ihm Mark Twain die Freiheit – die Wirklichkeit sah anders aus. 1852, als John Quarles den Hof aufgab, verkaufte er Onkel Dan'l und die anderen Sklaven irgendwohin.

Schwarz und Weiß

Im Alter verfestigte sich Mark Twains Überzeugung von der Schlechtigkeit des Menschen immer mehr. Als Autor und Person des öffentlichen Lebens kam er dem Problem mit den Mitteln des Humors und der Satire bei. Doch im täglichen Umgang brachten seine temperamentvollen Ausbrüche, in denen er die Menschheit im allgemeinen und die Gewissenlosigkeit, Geschäftemacherei und Überheblichkeit der weißen Rasse im besonderen verfluchte, Freunde und die Familie immer wieder in Bedrängnis. Seine Frau Olivia unterbreitete ihm daher einen Vorschlag zur Güte. Es war ein Rat von Twainschem Format, nämlich »jeden solange für farbig zu halten, bis er bewiesen hatte, ein Weißer zu sein.«

Einfache Worte

Twain erzählt von einem Vorfall, der sich ereignete, als die Clemens' einmal »einen Sklaven von irgend jemand gemietet« hatten. Es war ein kleiner Junge, der von seiner Familie getrennt und über den halben Kontinent hinweg verkauft worden war. Er trällerte, pfiff und sang den ganzen Tag, und das störte Sam mächtig. Er verlangte von seiner Mutter, den Jungen zum Schweigen zu bringen. Mit Tränen in den Augen und bebender Stimme erwiderte sie: »Der arme Kerl, wenn er singt, ist es ein Zeichen, daß er sich nicht erinnert, und das tröstet mich; aber wenn er still ist, fürchte ich, daß er nachdenkt, und das kann ich nicht ertragen. Er wird seine Mutter nie wiedersehen; wenn er singen kann, darf ich ihn nicht daran hindern, sondern muß dankbar dafür sein.«

Und er erinnert sich: »Meine Mutter verwendete nie hochtrabende Worte, aber sie besaß eine natürliche Gabe, einfache Worte zur Wirkung zu bringen ... Sie ist mir in meinen Büchern mehrfach nützlich gewesen, wo sie als Tom Sawyers Tante Polly erscheint. Ich versah sie mit einem Dialekt und versuchte, mir weitere Verbesserungen für sie auszudenken, fand aber keine.«

Bildung und Verbildung

Mit vier Jahren trat Sam in die Privatschule von Mrs. Horr ein. Öffentliche Schulen gab es im Staat Missouri nicht. Lesen, Schreiben, gutes Benehmen und ausgiebiges Bibelstudium standen auf dem Lehrplan. Mark Twain, der amerikanischen Siedlermentalität verpflichtet, wonach der »einfache, natürliche« Mensch dem »kultivierten, verbildeten« überlegen ist, behauptete von sich: »Ich habe mir meine Erziehung nie durch Schulbildung verderben lassen.«

Frühe Zweifel

Beeindruckt folgte Sam den Auslegungen der Mrs. Horr, als sie den Schülern den Bibeltext »Bittet, so wird euch gegeben« nahebrachte. Wenn jemand ernsthaft und mit starkem Verlangen um etwas bete, werde sein Gebet erhört werden! Das wollte Sam testen; sein Sinn stand nach den Pfefferkuchen, die die Bäckerstochter Margaret Kooneman jeden Morgen mit zur Schule brachte.

Und tatsächlich, das sonst immer gutverwahrte Pfefferkuchenstück lag, als Sam von seinem inbrünstigen Gebet aufblickte, in seiner Reichweite. Er war bekehrt! Aufrichtig und öfter als jeder andere im Dorf betete er in den nächsten Tagen um dieses und jenes. Aber nicht ein einziges Mal bot sich erneut Gelegenheit, das begehrte Pfefferkuchenstück zu klauen, von den anderen Wünschen ganz zu schweigen. Sam zog die Lehre: Wer seinen Pfefferkuchen im Auge behält, muß sich um die Gebete der anderen nicht scheren.

Rechtschreib- und andere Schwächen

Er habe nie besonders großen Respekt vor guter Rechtschreibung gehabt, bekannte Mark Twain und vertrat die Auffassung, daß vor der Einführung allgemeingültiger Regeln die »Menschen unbewußt durch ihre Orthographie Nuancen ihres Charakters offenbarten«. Zugleich gab er an, gute Rechtschreibung sei das einzige, was ihn je ausgezeichnet habe. Er erinnert sich: »Als ich ein Schuljunge war, gab es an unserer Schule zwei Preise, der eine für gute Rechtschreibung, der andere für Freundlichkeit.« Letzteren habe er nie erringen können, den für Rechtschreibung hingegen bei jedem stattfindenden Wettbuchstabieren – bis auf einmal. Da habe er am Schluß eines solchen Wettkampfes aus dem Wort Februar das erste »r« ausgelassen, damit sein Mädchen die Medaille bekäme. »Meine Leidenschaft war damals so groß, ich hätte das ganze Alphabet ausgelassen, hätte das Wort es nur enthalten.«

Pragmatisch

Die Kinder, die in der Sonntagsschule des Methodisten Richmond Bibelverse aufsagen konnten, durften sich zur Belohnung ein Buch ausleihen. Sam kam über mehrere Monate mit den gleichen Versen durch und hatte freie Auswahl im Bücherregal – allerdings enthielt es nur langweilige Bücher, denn in ihnen gab es »nur schrecklich uninteressante artige Knaben und artige Mädchen«. Besser als gar kein Umgang, sagte sich Sam und war froh, »mit ihnen verkehren und *sie verachten* zu können«.

Verplant

Wie alle anderen Jungs aus Hannibal, hegte auch Samuel den Wunsch, auf den großen Dampfbooten des Mississippi zu fahren. Als Elfjähriger riß er aus und ging als blinder Passagier an Bord eines Schiffes, um Dampferkapitän zu werden. Alles wäre glattgegangen – nur hatte er außer acht gelassen, daß Dampferkapitäne älter als elf Jahre sein mußten!

Schmerzhaft

Womit auch immer Samuel Anlaß gegeben haben mochte, sein Vater sah sich gezwungen, ein seinerzeit probates Mittel der Kindererziehung einzusetzen: Er griff nach dem Stock. Nachdem er seinem Sprößling eine Tracht Prügel verabreicht hatte, gestand er ihm: »Wenn ich dich versohlen muß, so tut mir das selbst weh, vielleicht sogar mehr als dir!«

»Kann schon sein«, entgegnete darauf Samuel, »bestimmt aber nicht an derselben Stelle.«

Gekontert

Wieder einmal unternahm Sam einen Versuch, als Schiffsjunge anzuheuern. Als er den Kapitän eines Fährschiffes darauf ansprach, musterte der ihn abschätzig und meinte: »Na, das kennen wir! Jungs, die zu nichts taugen, werden von ihren Vätern zur christlichen Seefahrt geschickt.«

»Nein, Herr Kapitän«, erwiderte Sam schlagfertig, »das ist nur in Ihrer Jugend so gewesen.«

Hier irrte Mark Twain

Die Mutter hatte die Flußufer zur verbotenen Zone erklärt. Zu gefährlich war das Baden, aber kein schöneres Vergnügen gab es für die Kinder. Siebenmal sei er dem Ertrinken nahe gewesen, sechsmal im Mississippi, einmal im Bear Creek; siebenmal wurde er in letzter Sekunde herausgezogen. In seiner Autobiographie schrieb er: »Ich weiß nicht, wer die Leute waren, welche die Absichten einer Vorsehung durchkreuzten, die klüger war als sie, aber ich hege noch heute einen Groll gegen sie.«

Kartoffeln, fürstlich genossen

Nach dem Tod des Vaters kam der zwölfjährige Samuel in eine Druckerlehre beim »Missouri Courier«. Die übliche Vergütung, die der Besitzer, Mr. Ament, gewährte: Wohnung, Kleidung, Essen. Kein

Geld. Die Wohnung: eine abgezweigte Kemenate in der Druckerei. Die Kleidung: die abgelegten Sachen Mr. Aments, nämlich Hemden, in denen Sam wie in einem Zirkuszelt wohnte, und Hosen, die er sich bis an die Ohren ziehen konnte. Und das Essen? Wenig abwechslungsreich und immer zu knapp. Die Lehrlinge hielten sich »durch eigene Initiative am Leben«, stahlen sich aus dem Keller allnächtlich Kartoffeln, Zwiebeln und andere Vorräte, und der Lehrling Wales bereitete die Kartoffeln nach einem wunderbaren Geheimrezept zu.

Ein einziges Mal, erinnerte sich Twain, begegnete er dieser Zubereitung wieder, nämlich 1891, als der deutsche Kaiser Wilhelm II., der ein leidenschaftlicher Leser seiner Bücher war, ihn »zu einer Speisung im kleinen Kreise befahl«. Twain war angesichts des Kartoffelgerichts so überrascht, daß er einen Willkommensruf ausstieß – ohne abgewartet zu haben, daß der Kaiser das Gespräch eröffnete. Das Halbdutzend anwesender Granden war pikiert. »Alle saßen wie versteinert, und keiner hätte ein Wort herausgebracht, selbst wenn er es gewollt hätte ... Das entsetzliche Schweigen währte eine halbe Minute und würde natürlich noch heute andauern, wenn nicht der Kaiser selbst es gebrochen hätte, denn kein anderer hätte das gewagt. Das geschah abends um halb sieben, und die frostige Atmosphäre hielt sich bis gegen Mitternacht, dann endlich schmolz sie – vielmehr, sie wurde weggeschwemmt von dem in Strömen fließenden Bier.«

Erfolgte die Bezahlung bei Mr. Ament in Naturalien, sollte sich das ändern, als Sam in die Druckerei seines Bruders eintrat, der die »Western Union« erworben hatte. Orion versprach ihm 3,50 Dollar die Woche – und zahlte nie. Dafür arbeitete Sam als Setzer, Drucker, Redakteur, leitete die beiden Lehrlinge an und lieferte auch noch Beiträge für die Zeitung.

Im Januar 1851 erschien sein erster Artikel. Er handelte von einem Brand in der Druckerei und dem tapferen Verhalten des Lehrlings Jim Wolfe, der meinte, »eine Kastrazofe« verhindert zu haben.

Sam schrieb bald auch für auswärtige Blätter wie die Wochenzeitung »Cartet-Bag«, die sich auf bäuerlichen Humor spezialisiert hatte. Er kannte die Farmer des Mittelwestens genau. Als er eines Tages über die zu erwartenden Ernteergebnisse zu berichten hatte, schrieb er: »In diesem Jahr wird die Ernte bedeutend besser sein, als man allgemein erwartet. Infolge der Trockenheit wird sie jedoch weit unter dem normalen Ertrag liegen. Die bisherigen Regenfälle garantieren dafür ein überdurchschnittliches Ernteergebnis. In diesem Jahr werden die Farmer also die gleichen guten Einnahmen verzeichnen können wie im Vorjahr. Es darf allerdings nicht verschwiegen werden, daß die diesjährige Ernte dennoch als katastrophal bezeichnet werden muß.«

Spinne am Morgen ...

Beim »Western Union« traf eines Tages folgender Brief eines Abonnenten ein: »Ich habe in Ihrer Zeitung eine breitgequetschte Spinne gefunden, und ich möchte nun gerne von Ihnen erfahren, ob das ein gutes oder schlechtes Omen ist.«

Sam antwortete dem Briefschreiber: »Die Spinne in der Zeitung ist weder ein gutes noch ein schlechtes Zeichen. Das Tier war nur neugierig, festzustellen, welcher Kaufmann noch keine Anzeigen in unserem Blatt aufgibt, und wie der Mann aussieht, der darum bald einsam in seinem Laden sitzen und ruhig einen großen Schrank von innen quer vor die Eingangstür stellen kann. Dort darf er dann bis an das Ende seiner Tage ungestört und friedlich leben.«

Amazonasträume

Sams Traum von den Mississippi-Dampfern löste ein anderer ab. Als er den Bericht des Leutnants zur See William Lewis Herndon las, der als erster Nordamerikaner den Amazonas hinabgefahren war, ließ ihn die Idee, zur Erforschung des Amazonasgebietes aufzubrechen und dort als Plantagenbesitzer und Kokain-Händler viel, viel Geld zu verdienen, nicht mehr los. Der Traum rückte näher, als Sam, der in Cincinnati als Drucker arbeitete, einen Geldschein auf der Straße fand, nein, keine Eine-Million-Pfund-Note, aber unvorstellbare 50 Dollar, so daß er ein

Billet für die »Paul Jones« erwerben konnte und sich umgehend nach New Orleans einschiffte – umgehend, damit sich der unglückliche Verlierer nicht etwa melden konnte, denn als ehrlicher Finder hatte Sam den Fund in der Zeitung anonnciert. So erzählt es Mark Twain.

Wer ist mehr?

Auf der Fahrt nach New Orleans sah Sam dem Lotsen Horace Bixby nicht nur über die Schulter, sondern durfte unter dessen Obhut gelegentlich selber steuern. Als er angesichts seiner verbliebenen geringen Barschaft seine Reisepläne platzen sah, überredete er Bixby, ihn als Lotsen-Lehrling anzunehmen. Ein Preis wurde ausgemacht, und die erste Fahrt führte nach St. Louis, wo sich Sam die Anzahlung für sein Lehrgeld vom Mann seiner Schwester Pamela lieh. In puncto Rückzahlung war er zuversichtlich, denn Lotse war ein gutbezahlter, weil verantwortungsvoller Beruf – und ein angesehener dazu.

Der Lotse war der wichtigste Mann auf dem Schiff, stellte mehr dar als der Kapitän. Die Matrosen hatten »Sir« zu sagen. Und die Kleidung erst! Zylinder, Schlipsnadeln mit Brillanten, Lederhandschuhe und Lackschuhe. Die unvermeidbare Zigarre in der Hand! Dazu die bunte Gesellschaft von Passagieren, die promenierenden Damen an Deck, kartenspielende Pflanzer in den Bars, Auswanderer-Familien mit Kind und Kegel in den Zwischendecks, die Matrosen mit ihren

Liedern und die schwarzen Heizer, die in den Nächten ihre melancholischen Spirituals sangen ... Leben auf dem Mississippi!

Leben auf dem Mississippi

Vier Jahre stand Mark Twain auf der Lotsenbrücke, pendelte zwischen St. Louis und New Orleans. Er beobachtete das Leben an Bord, sammelte und notierte seine Eindrücke. Wenn dem späteren Schriftsteller jemand attestierte, einen Charakter besonders gut gezeichnet zu haben, behauptete Twain stets, dieser Person auf einem der Mississippi-Dampfer begegnet zu sein.

Das Gedächtnis eines Lotsen

»Ich glaube, das Gedächtnis eines Lotsen ist so ziemlich das Wunderbarste in der Welt. Das Alte und das Neue Testament auswendig wissen und vorwärts oder rückwärts fließend hersagen oder irgendwo in der Bibel aufs Geratewohl anfangen und sie nach beiden Richtungen hersagen zu können, ohne je zu stocken oder einen Irrtum zu begehen, ist kein übertrieben großes Maß an Wissen und nichts Wunderbares verglichen mit dem aufgespeicherten Wissen eines Lotsen vom Mississippi und seiner merkwürdigen Leichtigkeit der Handhabung desselben ... Und wie leicht und gemächlich tut das Gedächtnis eines Lotsen seine Arbeit, wie still und mühelos ist seine

Methode, wie unbewußt häuft er seine ungeheuren Schätze auf ...«

Der Ton an Bord oder Lehrjahre eines Schriftstellers

»Hier, Jungens, das Gangbrett voran. Verdammt noch einmal, vorwärts, sag ich. Was sagt er? – haut ihn auf den Schnabel! Hierher – hier! Verwünscht, Herr, wollen Sie auf dem Brett einschlafen – oder darauf wohnen bleiben? Wohin geht ihr mit dem verdammten Faß da? Wenn ihr nicht macht, daß ihr mir damit aus den Augen kommt, laß ich's euch gleich verschlucken oder ich will des Teufels sein, verdammtes Zwitterding von Schildkröte und lahmem Esel ...

Und da sollte man dabeistehen und *nicht* von dem Wunsch verzehrt werden, ebenso sprechen zu können?«

Wie aus Samuel Langhorne Clemens Mark Twain wurde

Die Kurzversion: Als Samuel Clemens den Lotsenberuf erlernte, schrieb er humoristische Skizzen vom Leben auf dem Fluß und las sie seinen Schiffskameraden vor. Bei einer solchen Gelegenheit fragte ihn einmal ein Matrose, ob er diese Geschichten auch veröffentlichen wolle, und wenn, dann doch sicher nicht unter seinem eigenen Namen? Gerade in diesem Augenblick rief der mit dem Tiefenlot beschäftigte

Schiffsjunge: »Mark twain«, was bedeutet: Markiert zwei (Faden, also zwölf Fuß Wassertiefe und damit sichere Fahrt für die Mississippi-Dampfer).

Diesen Ruf griff Samuel auf und nannte sich Mark Twain.

Die Langversion: Captain Isaiah Sellers, ein alter, hochangesehener Lotse mit lebenslanger Berufserfahrung, schrieb lehrreiche Artikel über die Flußschiffahrt und veröffentlichte sie unter dem Namen Mark Twain. Jedermann begegnete ihm ehrfurchtsvoll. Nur der Lotse Samuel Clemens nicht, den der detailversessene und gestelzte Stil des Mannes zu einer Parodie verleitete, die in der »New Orleans True Delta« abgedruckt wurde. Als der Ulk Captain Sellers zu Gesicht kam, war dieser tief gekränkt. Nie wieder verfaßte er einen Artikel, nie wieder zeichnete er als Mark Twain.

Als Samuel Clemens vier Jahre nach diesem Vorfall im Redaktionsbüro der »Enterprise« in Virginia City arbeitete, landete eines Tages die Telegraphenmeldung auf seinem Schreibtisch, daß der große Mississippi-Lotse Captain Sellers gestorben war.

War es tätige Reue, war es eine Verbeugung vor dem Lotsenstand, reizte ihn die Symbolik der Worte, die ja den Scheidepunkt von sicherem und gefährlichem Fahrwasser bezeichnen? Fortan unterzeichnete er seine Arbeiten, die er an die Zeitungen schickte, mit »Mark Twain«. 1863 erschien erstmals eine Geschichte unter diesem Namen.

Militärisches Zwischenspiel

Mit dem Ausbruch des Bürgerkrieges 1861 kam die Schiffahrt auf dem Mississippi zum Erliegen, Sam wurde arbeitslos. Die Unierten wie die Konföderierten riefen Freiwillige auf. Sam fühlte sich in jeder Beziehung zwischen den Fronten. Er war wie sein Bruder Orion grundsätzlich gegen den Krieg, aber auch gegen die Sklaverei. Manche seiner Freunde eilten zu den Armeen des Nordens, andere zu denen des Südens, wieder andere – wie sein Schwager in St. Louis – hielten sich raus.

Im Juli marschierten in Missouri, einem Staat, der nicht zur Sezession gehörte, Unionstruppen ein. Sam ließ sich überreden und schloß sich einem fünfzehnköpfigen Südstaaten-Trupp an. Er schwor auf die Bibel, »dem Staat Missouri treu zu sein und alle Eindringlinge von seinem Boden zu verjagen«.

Die jungen Männer wählten sich, wie Twain in seiner »Privaten Geschichte eines fehlgeschlagenen Feldzuges« schrieb, eine starke Ausgangsstellung – in der Nähe eines Bauernhofes, der ihre Versorgung garantierte, an einem Bach, in dem man baden und angeln konnte und wo das Leben herrlich faul war und nichts und niemand sie störte. Bis eines Tages Bauern kamen und Alarm schlugen, weil sie gerüchtweise vom anrückenden Feind gehört hatten. Sofort zog sich der Trupp zurück, möglichst tief in den Wald. Sie verloren ihre Gewehre und Munition und gaben Pferde und Maultiere dran. Mit jedem neuen

Gerücht zogen sie sich jede Nacht weiter zurück – bis in die Nähe von Sams Geburtsort Florida. Dort wurden sie erneut gewarnt, und diesmal war das Gerücht kein Gerücht. Tatsächlich schwenkte ein Regiment der Union unter Oberst Ulysses S. Grant – der später amerikanischer Präsident und ein guter Bekannter Twains werden sollte und dessen Memoiren Twain herausgab – auf sie ein. Aber Sams Bedarf an Krieg war gedeckt. Er streckte die Waffen und ging nach Hause.

Go west

Mit den Druckereigeschäften des Bruders war es konsequent bergab gegangen. Ungestört konnte er seiner liebsten Beschäftigung nachgehen: dem Pläneschmieden. Der jüngere Clemens-Bruder sah den älteren ohne Illusionen. Dieses Mal aber kam ihm Orions neues Vorhaben recht: Ein Freund, Mitglied in Lincolns erstem Kabinett, hatte Orion eine Stelle als Staatssekretär von Nevada verschafft.

Sam bezahlte vom ersparten Lotsengehalt die teuren Fahrkarten für den Staatssekretär von Nevada und den Sekretär des Sekretärs, nämlich sich selber, und die Überlandkutsche brachte die beiden Sekretäre ins »unkultivierte Land der untergehenden Sonne«.

Regierungssitz des neugebildeten Staates sollte die Freibeuterstadt Carson City werden, die 2000 Einwohner hatte. Und alle waren Schatzgräber. Die Aussicht, auf den Silber- und Goldfeldern fündig und reich zu werden, lockte Sam weit mehr als die Sekretärstätigkeit. Er zog los, immer vielversprechenden Nachrichten hinterher, immer dem sagenhaften Fund ganz nah, zum Schluß als gewöhnlicher Arbeiter in einer Quarzmühle.

Nebenher hatte er Artikel und Geschichten geschrieben. Im richtigen Moment brachte Sam ein Brief mit dem Angebot einer Redakteursstelle bei der »Territorial Enterprise« die Rettung. Er stellte sein Schürfzeug in die Ecke und brach auf nach Virginia City.

Die Versuche als Gold- und Silbergräber waren gescheitert, der Traum vom Millionär blieb.

Revolverjournalismus

Nach Mark Twains Beschreibung sah ein Redakteur im Grenzerland so aus: »Hemdsärmel, Schlapphut, blaues wollenes Hemd, in die Stiefel gestopfte Hosen, Bart bis auf die halbe Brust und im Gürtel den üblichen Marinerevolver.« Letzteren trug auch er, und zwar »aus Rücksicht auf die öffentliche Meinung und um sich durch das Fehlen nicht anstößig zu machen«.

Freie Meinungsäußerung

Eines Tages erschien ein bärenstarker Cowboy in der Redaktion und brüllte: »Wo ist hier der Chefredakteur, dieser verdammte Hund? Dem will ich mal so richtig meine Meinung sagen!«

Mark Twain antwortete gelassen: »Der ist heute nicht anwesend.«

»Ich will wissen, wo er ist!« beharrte der wütende Kerl.

Grinsend gab Mark Twain die Auskunft: »Tja, lieber Mann, er ist zu einer Beerdigung von jemand gegangen, der ihm gestern auch seine Meinung sagen wollte.«

Kurz & bündig

Während seiner Tätigkeit als Lokalreporter mußte Mark Twain sich von seinem Chefredakteur wiederholt belehren lassen, seine Berichte kürzer abzufassen. Nach mehreren Aufforderungen dieser Art lieferte er eines Tages folgenden Text: »Unser Mitbürger Tom Smith beging Selbstmord. Er war beim Billardspiel, klagte über Unwohlsein, trank einen Whisky, nahm seinen Mantel, seinen Hut, seinen Abschied, keine Notiz von seinen Freunden, einen Wagen, den Revolver aus der Tasche und dann sich selber das Leben. Netter Bursche. Allseitiges Bedauern und was dazugehört!«

Redaktionspost I

Ein herzlich schlechtes Gedicht war an die Redaktion geschickt worden, der Titel: »Warum lebe ich noch?« Twain schickte das Gedicht zurück und schrieb dazu: »Weil Sie mir diese Verse nicht persönlich gebracht haben.«

Redaktionspost II

Wieder einmal war ein Manuskript von mangelnder Qualität eingegangen. Twain antwortete dem Einsender mit folgendem Brief: »Sehr geehrter Herr! Ernährungsfachleute raten Schriftstellern, möglichst viel Fisch zu essen, weil dieses Nahrungsmittel dem Gehirn Phosphor zuführt und es dadurch anregt. – Im Augenblick kann ich Ihnen zwar nicht genau sagen, wieviel Fisch Sie essen müßten. Wenn aber Ihr Manuskript, das ich Ihnen gleichzeitig mit großem Vergnügen zurückgebe, das widerspiegelt, was Sie gewöhnlich schreiben, wage ich zu behaupten, daß der Genuß einiger Walfische mittlerer Größe für Sie angemessen sein dürfte.«

Wer's glaubt ...

Ob als Lokalredakteur, Gerichts- und Polizeireporter, Theaterrezensent – gab der Anlaß wenig her, verfuhr Twain ganz nach dem Motto: Wahr ist, was in der Zeitung steht. Twains Talent, aus Anekdoten

Tatsachen zu machen, war gefragt, seine Technik der Übertreibung, die erwartete Zusammenhänge störte und unerwartete Verbindungen herstellte, sorgte für Unterhaltung, und das war es, was – neben Sensationsmeldungen – die »Enterprise« zu liefern hatte.

Als er den Bogen einmal überspannt hatte, wurde er zum Chef gerufen und ermahnt, nichts zu schreiben, bevor er nicht genau wisse, daß es sich eindeutig um Tatsachen handele.

Noch am selben Abend wurde Twain zu einer Abendgesellschaft geschickt, um darüber zu berichten. In der Druckerei lieferte er folgende Notiz ab: »Eine Dame, die sich Frau Mildred Taylor nannte, hat, wie verlautet, einen sogenannten Gesellschaftsabend abgehalten für einige Gäste, von denen man sagt, daß sie Damen wären. Von der Gastgeberin erzählt man sich, sie sei mit dem Bürgermeister dieser Stadt verheiratet, und sie behauptet von sich, sie gehöre zu den gesellschaftlichen Spitzen des Ortes.«

Schelm trifft Schelm

Mark Twain selber erzählte eine Anekdote aus der Zeit, da er als schlechtbezahlter Reporter in Virginia City stets danach Ausschau hielt, beim Billardspiel einen schnellen Dollar zu machen. Als eines Tages ein Fremder in die Stadt kam und ihm ein Spiel vorschlug, war er sofort bereit dazu. Der Fremde forderte ihn auf, ein paar Stöße zur Probe zu machen, und sagte dann, daß er absolut fair spielen werde, nämlich linkshändig. Gern hätte Twain dem Großmaul eine Lektion erteilt, doch der entschied den ersten Stoß für sich, brachte das Spiel glänzend zu Ende und kassierte den ausgemachten halben Dollar.

Twain sagte: »Wenn Sie so mit der linken Hand spielen können, würde ich gern einmal sehen, wie Sie mit der rechten spielen.«

»Das kann ich beim besten Willen nicht«, erwiderte der Mann. »Ich bin Linkshänder.«

Entdeckung eines Talents

Ein werdender Schriftsteller besuchte Twain in der Redaktion. »Ihr letztes Manuskript hat uns sehr gut gefallen«, begrüßte Mark Twain den jungen Mann.

»Oh«, erwiderte der, »dann entschuldigen Sie bitte meinen groben Brief, mit welchem ich nach vier Monaten meine Einsendung zurückgefordert habe. Nehmen Sie einfach an, ich hätte ihn überhaupt nicht geschrieben.«

»Aber nein«, wehrte Twain ab, »gerade dieser Brief hat uns allen doch so sehr gefallen.«

Dichters Lohn

Ein junger Mann tauchte in der Redaktion auf und präsentierte sein jüngstes Werk, eine Gedichtsammlung. Twain begann sofort, in dem Manuskript zu lesen. Je länger er las, desto düsterer wurde sein Gesichtsausdruck. Als er schließlich das Heft beiseite legte, fragte der angehende Dichter: »Was geben Sie mir dafür?«

Mark Twain griff nach einem langen eisernen Lineal, das auf seinem Arbeitstisch lag, und brüllte: »Fünf Meter Vorsprung!«

Ein Artikel aus dem Grenzerland oder Wie Mark Twain seinem Affen Zucker gab

Ein Mann aus Empire City erschlug seine Frau mit der Axt, dann seine sechs Kinder mit dem Knüppel und drei weitere mit der Faust. Er schnitt sich die Kehle durch und galoppierte mit seinem Pferd nach Carson City, den rothaarigen Skalp seines Weibes in der Hand. Warum beging der Mann diese schaurige Tat? Aus Verzweiflung. Er war plötzlich verarmt, weil er der Empfehlung einer Zeitung folgend, wertvolle Anteile an einer Mine verkauft und wertlose einer anderen erworben hatte.

Twain schrieb diesen Artikel im zeitüblichen journalistischen Stil. Mehrere Zeitungen der Westküste druckten ihn nach – nicht als Satire, nein, als Tatsachenbericht.

Wie man einen Leitartikel schreibt

In Vertretung für den abwesenden Chefredakteur fiel Mark Twain die Aufgabe zu, den Leitartikel zu schreiben. Er hielt das für eine leichte Aufgabe, stellte aber bald fest, daß ihm nichts einfiel. Zum Glück kam er darauf, daß am nächsten Tag Shakespeares 300. Geburtstag war. Er griff zum Lexikon, schlug nach und erfuhr, wer Shakespeare war und was er getan hatte, und weil das nicht reichte, um einen Leitartikel zu füllen, polsterte er ihn aus mit dem, was Shakespeare nicht getan hatte – und »das las sich in vieler Hinsicht wichtiger und eindrucksvoller, als die trefflichsten Sachen, die er tatsächlich vollbracht hatte«.

Flucht aus Nevada

Als Joe Goodman, der Besitzer der »Territorial Enterprise«, im April 1864 für eine Woche nach San Francisco reiste, übertrug er Twain die Vertretung als Chefredakteur. Diese Gelegenheit nutzte Twain, um gegen das Konkurrenzblatt des Mr. Laird, die »Virginia Union«, einen giftigen Artikel zu verfassen, und Mr. Laird blieb seine Antwort in Form eines genauso gehaltenen Artikels nicht schuldig. Solche Beleidigungen verlangten nach den rauhen Sitten des Westens ein Duell. Der Redakteur Gillis schrieb in Twains Namen die Herausforderung und traf die Vorbereitungen. Dazu gehörte ein Übungsschießen für Twain, der auf ein an einem Hang aufgestelltes Scheunentor schießen sollte. Er zielte und traf – den Hang. Da zog Gillis seinen Revolver, schoß einen vorüberfliegenden Sperling vom Himmel. So sollte es Twain machen. In dem Moment, als Gillis und Twain den abgeschossenen Sperling betrachteten, kam Laird mit seinem Sekundanten an. »Wer hat den Schuß abgegeben?«

»Na, Clemens.«

»Aus welcher Entfernung?«

»Nicht weit – höchstens an die dreißig Yard ...«

Laird und sein Sekundant zogen sich schleunigst zurück.

Das glückliche Ende hatte ein Nachspiel. Die Nachricht über das bevorstehende Duell hatte sich wie ein Lauffeuer verbreitet und war dem Gouverneur zu Ohren gekommen. Nach einem gerade erlassenen Gesetz stand die Aufforderung zum Duell unter Strafe, und die ganze Härte des Gesetzes sollte nun zur Anwendung gebracht werden. Zwei Jahre Gefängnis drohten. Noch am Abend dieses Tages bestieg Twain die Kutsche nach Kalifornien.

Zum Greifen nahe ...

Twain kam nicht mit leeren Händen in Kalifornien an. In Nevada hatte er Anteilscheine für Schürfrechte erworben, stieg mit der Aussicht auf baldigen Reichtum im besten Hotel von San Francisco ab und beobachtete die Börse, um den richtigen Moment für den Verkauf seiner Grubenanteile abzuwarten ... und beobachtete und wartete und beobachtete und wartete – bis sie eines Tages wertlos waren.

Der Reporter

Twain nahm eine Stelle in San Francisco an. »Ich war Reporter beim ›Morning Call‹. Ich war mehr als das, ich war *der* Reporter. Es gab keinen anderen.«

Vierzig Jahre später ließ er seinen Reporteralltag Revue passieren: Neun Uhr morgens im Polizeigericht Aufnahme der Schlägereien der letzten Nacht, dann beim Gericht die Urteile des Vortages notieren, anschließend die Stadt durchkämmen, um Material zu sammeln, »und wenn kein Brand zu melden war, legten wir einen«, abends Besuch der sechs Theater der Stadt für je fünf Minuten. Dann der Griff zur Feder, um den »ganzen Mist in Gestalt von Worten und Sätzen auf möglichst großer Fläche zu verteilen. Es war eine furchtbare Schufterei, eine seelenlose Schufterei und nahezu völlig uninteressant. Für einen faulen Menschen war es schreckliche Fronarbeit, und ich bin von Geburt an faul. Ich bin heute nicht fauler als vor vierzig Jahren, aber das kommt daher, weil ich vor vierzig Jahren den Gipfel erreicht hatte. Man kann das Höchstmögliche nicht noch übertreffen.«

Eine phantastische Ausbeute

Noch einmal griff er zum Schürfzeug und zog durchs Goldland. Seine Ausbeute waren nicht kostbare Nuggets, sondern Geschichten, die er von den Goldsuchern erfuhr, darunter die über den »Berühmten Springfrosch von Calaveras County«, die er in der »Saturday Press« veröffentlichte und die seinen Namen überregional bekannt machte.

Reisen in die Welt und Bretter, die die Welt bedeuten

Mark Twain bekam den Auftrag, als Sonderkorrespondent der »Sacramento Union« für vier Monate auf die Sandwich-Inseln zu fahren, bereiste die Inseln Oahu, Hawaii und Maui und verfaßte Reiseberichte, die das Publikum begeisterten. Doch als er 1866 zurückkehrte, hatte sich trotz aller Einnahmen aus den Veröffentlichungen seine finanzielle Lage nicht wesentlich gebessert.

Warum sollte sich das, was das lesende Publikum liebte, nicht zum Vortrag eignen?

Und lebte nicht auch der Geschichtenerzähler Artemus Ward, ein seinerzeit beliebter Humorist, den Twain 1863 kennengelernt hatte, von solchen Auftritten?

Twain mietete ein Theater in San Francisco und kündigte den Abend an: »Eintritt ein Dollar, Einlaß ab halb acht, Beginn der Unannehmlichkeiten um acht Uhr.«

Die Unannehmlichkeiten fanden schließlich vor vollbesetztem Haus statt. Twain war aufgeregt. Vorsichtshalber hatte er einige seiner Freunde gebeten, sich den Vortrag anzuhören und möglichst oft recht herzhaft zu lachen. Seine Vorsorge war überflüssig, denn schon mit dem ersten Satz hatte er das Publikum für sich gewonnen.

Dieser Satz lautete: »Julius Cäsar ist tot, Napoleon ist tot, Shakespeare ist tot, Abraham Lincoln ist tot, und auch ich fühle mich gar nicht so recht gesund.«

Eine neue Karriere

Twain brach zu seiner ersten von vielen Vortragsreisen auf, drei Wochen reiste er durch Kalifornien und nahm fünfhundert Dollar ein, mehr als er als Schürfer je verdient hatte. Stets erntete er Beifallsstürme. Sein Freund William Dean Howells beschrieb ihn als »vollendeten Schauspieler« – mit dem gespielten Suchen nach dem richtigen Wort, den scheinbar unbeabsichtigten Pausen, der vorgetäuschten Verlegenheit, der absichtlichen Betonung des falschen Wortes im nuschelnden Vortrag ... Twain liebte den öffentlichen Auftritt, ob als literarischer Entertainer oder als Redner. Er hielt aber auch nicht hinterm Berg damit, welche Leistung er da vollbrachte: »Um eine gute, improvisierte Drei-Minuten-Rede zu halten, benötige ich drei Tage Vorbereitung.« Und setzte noch eins drauf mit seinem Bonmot: »Das Gehirn ist ein Körperorgan, das im Augenblick der Geburt zu arbeiten beginnt und damit erst aufhört, wenn man aufsteht, um eine Rede zu halten.«

Reden und reden lassen

Mark Twain sollte vor den Mitgliedern eines großen Vereins in Sacramento eine Rede halten. Als er abends in der Stadt ankam, war niemand da, um ihn vom Bahnhof abzuholen. Er fragte sich zum Vereinshaus durch. Als er es endlich gefunden hatte und den Vortragssaal betreten wollte, wurde er von einem gewissenhaften Kontrolleur aufgehalten, der seine Eintrittskarte sehen wollte.

»Ich habe keine«, sagte Twain.

»Tja, dann müssen Sie sich an der Kasse eine kaufen.«

Mark Twain beugte sich lächelnd vor und flüsterte: »Ich bin derjenige, der den Vortrag halten soll.«

Der Kontrolleur grinste verständnisvoll und flüsterte zurück: »Dann sind Sie der dritte Redner. Aber gehen Sie nur hinein.«

Auf Kreuzfahrt

Eine »Gesellschaftsreise nach dem Heiligen Land, Ägypten, der Krim, Griechenland und weiteren auf dem Weg liegenden interessanten Zielen« wurde annonciert; betuchte Amerikaner buchten diese Bildungs-, Vergnügungs- und Pilgerfahrt auf dem modernen Raddampfer, der »Quaker City«, der am 8. Juni 1867 New York verlassen sollte. Die »Daily Alta California« schloß mit Twain einen Vertrag über die fünfmonatige Reise. 50 Reiseberichte sollte er schreiben – später wurden »Die Arglosen im Ausland« daraus, das wohl berühmteste Reisebuch Amerikas, das »genauso gut ging wie die Bibel«.

Das kann doch jeder ...

An Bord beobachtete Twain, daß sich viele der Passagiere ans Tagebuchschreiben machten. Er war sich sicher, daß kaum einer unter ihnen war, der nicht wenigstens hundert Seiten über die ersten zwanzig Tage der Reise vorweisen konnte, aber er bezweifelte, daß auch nur zehn der Reisenden über die kommenden zwanzigtausend Meilen mehr als zwanzig Seiten zustandebringen würden. Prompt bestätigte sich seine Vermutung in einem Gespräch mit einem jungen Mann, der zu den eifrigen Schreibern gehörte. »Mein Vater hat mir gesagt, ich soll Tagebuch führen. Nicht für tausend Dollar würde er es hergeben, wenn ich es fertigbrächte«, meinte dieser. Twain ermunterte ihn, es würde noch viel mehr wert sein. Der junge Mann hörte es gern.

Einige Zeit später, an einem Abend in Paris und nach einem harten Tagewerk von Besichtigungen, meinte Twain zu eben diesem Mann: »Ich gehe jetzt ein bißchen durch die Cafés bummeln und gebe Ihnen Gelegenheit, in Ihrem Tagebuch nachzutragen, alter Junge.« Doch der Angesprochene hatte tausend Ausflüchte zur Hand, und überhaupt sei Tagebuchschreiben sehr langweilig und er selber inzwischen viertausend Seiten im Rückstand. Er würde Frankreich im Tagebuch auslassen und mit der nächsten Reisestation neu beginnen ... Oder doch nicht, denn ein Tagebuch habe, bei Lichte besehen, keinen rechten Nutzen ... Twain kam auf die tausend Dollar zurück. Da sagte der junge Mann: »Ach, tausend Dollar ... Nicht für eine Million würde ich es zu Ende schreiben.«

Reisespesen

Bei seinem Besuch in Palästina kam Twain auch an den See Genezareth, den er gerne überqueren wollte. Als der arabische Schiffer merkte, daß er es mit einem Amerikaner zu tun hatte, forderte er: »Die Überfahrt kostet zehn Dollar.« Das war eine beträchtliche Summe für den erbetenen Dienst.

Mark Twain sagte darauf erbost: »Was? Zehn Dollar? Kein Wunder, daß Christus es vorgezogen hat, zu Fuß über den See zu gehen!«

A non-sentimental journey

Die Reisegesellschaft der »Quaker City« absolvierte das volle Bildungsprogramm, das die Alte Welt einem Amerikaner zu bieten hatte. Im Bericht des Reisejournalisten Mark Twain las sich das so: »Wir waren durch den Louvre, die Uffizien, den Vatikan galoppiert – durch all diese Galerien und durch die mit Bildern und Fresken geschmückten Kirchen von Venedig, Neapel und die Kathedralen Spaniens; einige von uns sagten, daß gewisse Exemplare der großen Werke der alten Meister ruhmvolle Schöpfungen des Genius seien (wir fanden das im Reiseführer, obwohl wir manchmal das falsche Bild erwischten), und die anderen sagten, es seien schändliche alte Klecksereien. Wir besichtigten mit kritischem Auge moderne und antike Statuen in Florenz, Rom, oder wo wir sie fanden, und lobten sie, wenn wir es für angebracht hielten, und wenn das nicht der Fall war, sagten wir, daß wir die hölzernen Indianer vor den Zigarrengeschäften in Amerika vorzögen.«

Berichte für den Leser daheim
Blütenlese aus den »Arglosen im Ausland«

In Venedig, beim Anblick einer Gondel, muß Twain an »ein tintenschwarzes, verschossenes altes Kanu mit einem mitten draufgesetzten Leichenwagenaufbau« denken, und der Gondoliere sieht aus wie ein »barfüßiger Gassenjunge«.

In Paris kommt ihm der Cancan vor wie »ein Aufruhr, ein ungeheures Getöse und eine wilde Flucht! Himmel! Nichts Ähnliches hat man auf Erden gesehen, seit in jener stürmischen Nacht in ›Alloways alter Spukkirche‹ der zitternde Tam o'Shanter den Teufel und die Hexen bei ihren Orgien belauschte.«

Beim Besuch der heiligen Stätten in Palästina geht ihm durch den Kopf: »Es erscheint seltsam, daß Persönlichkeiten, die eng mit der Heiligen Familie befreundet waren, immer in Grotten wohnten. Und doch hat zu ihrer Zeit niemand anders daran gedacht, auch so zu wohnen. Wenn sie je so wohnten, so sind ihre Grotten alle fort, und ich denke, wir sollten über das eigenartige Wunder staunen, daß diejenigen, von denen ich spreche, alle erhalten sind.«

Die Sphinx fordert zum Vergleich heraus: »Der Block muß so groß wie das Fifth Avenue Hotel gewesen sein, bevor der übliche Abfall (auf Grund der Bildhauerarbeit) eines Viertels oder der Hälfte der ursprünglichen Masse absprang.«

Die italienische Sprache kommentiert er: »Wir sahen Zeichnungen von Michelangelo – diese Italiener nennen ihn Mickel Anschelo – und Leonardo da Vinci – sie schreiben es Vinci und sprechen es Wintschi aus; Ausländer schreiben immer besser, als sie es aussprechen.«

Als Fazit der zahlreichen Museumsbesuche formuliert er: »Wir haben berühmte Bilder besichtigt ... Nachdem ich einen dieser Märtyrer gesehen hatte, schien es mir, als kannte ich sie alle. Sie weisen alle eine ausgeprägte Familienähnlichkeit miteinander auf, sie sind alle mit groben Mönchskutten und Sandalen bekleidet, sie sind alle kahlköpfig, sie stehen alle in ungefähr der gleichen Haltung da, und alle, ohne Ausnahme, blicken himmelwärts ... Wir bemühten uns sehr zu lernen ... Wir haben uns einige Kenntnisse angeeignet, die in den Augen der Fachleute wahrscheinlich unwichtig sind, aber uns machen sie Freude ... Sehen wir einen Mönch, der still zum Himmel aufblickt und einen Löwen bei sich hat, wissen wir, das ist der heilige Markus. Sehen wir einen Mönch mit Buch und Feder, der still zum Himmel aufblickt und nach einem Wort grübelt, so wissen wir, das ist der heilige Matthäus. Sehen wir einen Mönch auf einem Felsen sitzen, der still zum Himmel aufblickt, nur einen menschlichen Schädel neben sich und ohne sonstiges Gepäck, so wissen wir, das ist der heilige Hieronymus. Denn wir wissen, er legte immer großen Wert auf leichtes Gepäck. Sehen wir jemanden, der still zum Himmel aufblickt und nicht merkt, daß sein Körper über und über von Pfeilen durchbohrt ist, so wissen wir, das ist der heilige Sebastian. Sehen wir andere Mönche, die still zum Himmel aufblicken, jedoch ohne Warenzeichen, so fragen wir immer, um wen es sich handelt. Das tun wir immer, weil wir in aller Bescheidenheit lernen möchten. Wir haben dreizehntausend heilige Hieronymusse gesehen, zweiundzwanzigtausend heilige Markusse, sechzehntausend heilige Matthäusse, sechzigtausend heilige Sebastiane, dazu vier Millionen diverse Mönche ohne nähere Bezeichnung, und wir glauben, annehmen zu dürfen, daß wir ein genauso großes Interesse für sie aufbringen werden wie unsere kultivierten Landsleute, wenn wir erst noch mehr von diesen verschiedenen Bildern gesehen und größere Erfahrung gewonnen haben werden.«

Eheanbahnung auf puritanisch
I. Akt

Prolog: Auf seiner Reise mit der »Quaker City« machte Twain die Bekanntschaft eines jungen Mannes, Charles Langdon, den sein Vater auf Pilgerfahrt ins Heilige Land geschickt hatte. Zu Weihnachten fuhr Twain von Washington nach New York, um seinen einstigen Reisegefährten wiederzutreffen.

Die Charaktere: Charlys Vater, Jervis Langdon, ein amerikanischer Selfmade-Man aus der Provinz, der sich vom Kramladenverkäufer zum Minenbesitzer und Kohlengroßhändler emporgearbeitet hat, »sein Reichtum war zehn Jahre alt«, streng religiös, ein tägliches Programm aus Bibellesungen und Gebet verrichtend, wohltätig.

Olivia Langdon: seine Tochter, behütet aufgewachsen, ihrem Vater in sittlicher und religiöser Strenge in nichts nachstehend, im Stile einer viktorianischen Dame erzogen, von zarter Gesundheit und hübsch anzusehen, worüber bereits ein Miniaturporträt Auskunft gab, das ihr Bruder Charly in der Kajüte des Quaker City aufgestellt hatte.

Samuel Clemens: Reporter mit ungesichertem Einkommen, Weltreisender, Freidenker, Whiskytrinker, Zigarrenraucher.

Der Ort: Das St. Nicholas am Broadway, das vornehmste Hotel New Yorks. Mr. Clemens läßt sich bei Mr. Jervis Langdon und Familie aus Elmira melden.

Erster Auftritt: Olivia erscheint. »Zwei Minuten und ich stand in Flammen.« Man kann es nachlesen in der Geschichte »Die Eine-Million-Pfund Note«.

Zweiter Auftritt: Am Neujahrstag klingelt Twain bei Familie Langdon, um den ersten von 34 Pflichtbesuchen des Tages zu absolvieren. Er bleibt 13 Stunden.

Dritter Auftritt: Erst Ende August – »Die Arglosen im Ausland« sind geschrieben – kann er der Einladung der Familie nach Elmira folgen. Stürmisch und seiner Sache sicher hält er um Livys Hand an – Vater Langdon weist diesem »vollkommen & absolut Ungläubigen« die Tür. Wenn Twain auch nicht die Gunst des Familienoberhauptes gewinnen kann, den Weg zum Herzen der Tochter weiß er zu finden: Der Abgewiesene bittet seine Auserkorene, ihm zu helfen, ein besserer Mensch zu werden.

Eheanbahnung auf puritanisch
II. Akt

Unaufgefordert taucht Twain bald wieder auf, wird kühl von Mr. Langdon empfangen, bittet erneut um die Hand der Tochter, die ihm wiederum verweigert wird. Doch der Zufall hilft ihm: Als er in einer Langdonschen Kutsche zum Bahnhof gebracht werden soll, scheut ein Pferd, und er wird aufs Hofpflaster geschleudert. »Ich trug keine Schramme davon, war nicht einmal benommen ... die ganze Familie flatterte heraus ... aber meine Ohnmacht hielt ich durch! Es war einer der sechs glücklichsten Momente meines

Lebens.« Drei Tage ließ man ihm Pflege im Hause Langdon angedeihen. Und er darf, als er einige Zeit drauf ein Lesung in Elmira gibt, bei den Langdons wohnen. Livy gesteht ihm ihre Liebe.

Eheanbahnung auf puritanisch III. Akt

Nun verlangt Jervis Langdon Referenzen. Die Namen sechs angesehener Männer nennt ihm der junge Mann, darunter zwei Geistliche. Als Twain nach zwei Monaten von einer Vortragsreise zurückkommt, liegen die Antworten vor: Tadel und Vorwürfe werden über ihn ausgeschüttet, die Geistlichen geben ihrer Überzeugung Ausdruck, er werde als Trunkenbold enden und in ungeweihter Erde begraben.

Das ist zuviel für den Puritaner Langdon. »Haben Sie denn gar keinen Freund?« fragt er.

»Offenbar nicht.«

Peinvolles Schweigen auf beiden Seiten.

»Dann muß ich es wohl sein«, sagt Mr. Jervis Langdon schließlich und willigt ein in die Eheschließung seiner Tochter Olivia Langdon mit Mr. Samuel Langhorne Clemens.

Als Jervis Langdon bald darauf durchaus auch wohlmeinende Urteile über seinen zukünftigen Schwiegersohn zugetragen werden, kommt er auf dieses Gespräch zurück und gibt seiner Verwunderung Ausdruck, warum der ihm beispielsweise nicht die Adresse von Joe Goodman, dem Besitzer der »Enterprise« in Virginia City, genannt habe.

»Weil der genauso rücksichtslos nach der anderen Seite hin gelogen hätte«, meinte Twain.

Wer kann das wissen?

Auch die zukünftige Schwiegermama war in Sorge, daß nun ein Unwürdiger die Hand ihrer Tochter bekäme. In einem Brief an eine Bekannte hielt sie die Fragen fest, die sie an ihren Schwiegersohn hatte: »Wie war sein bisheriges Leben? Macht der Wandel, der nun so erfreulich begonnen wurde, aus einem unmoralischen Mann einen moralischen im Urteil der Welt?«

Scarlet Letters?

Einhundertvierundachtzig Liebesbriefe schrieb Mark Twain in den siebzehn Monaten seiner Verlobung an Livy. Jahre später notierte Tochter Susy in ihrem Tagebuch über diese Liebesbriefe: »Mama sagte, sie findet, das sind die schönsten Liebesbriefe, die je geschrieben wurden, und sie meint, daß Hawthornes Liebesbriefe an Mrs. Hawthorne längst nicht so schön sind.«

Mark Twain war ein leidenschaftlicher Zigarrenraucher, in Jervis Langdons Augen eine schwere Sünde, weswegen er vom Schwiegersohn in spe auch verlangte, das Rauchen aufzugeben und überhaupt auf tugendsamen Pfaden durchs Leben zu wandeln. Twain war zumindest bereit, seinen Konsum einzuschränken – auf eine Zigarre am Tag (bei zwanzig lag der gewohnte Verbrauch).

»Ich ließ die Zigarre bis abends warten, und dann, kurz vor dem Zubettgehen, gab ich mich ihrem Genusse hin. Aber das Verlangen quälte mich den ganzen Tag; noch war keine Woche vergangen, da suchte ich überall nach größeren Zigarren als denen, die ich sonst geraucht hatte; dann nach noch größeren und nach noch größeren. Nach vierzehn Tagen kaufte ich schon Zigarren, die eigens für mich gefertigt waren – sie waren noch größer, und immer weiter wuchsen und wuchsen sie. Nach einem Monat war meine Zigarre so riesenhaft geworden, daß ich sie als Krückstock gebrauchen konnte. Da gewann ich den Eindruck, daß die Beschränkung auf *eine* Zigarre in Wirklichkeit keinen Schutz bedeutete; also verwarf ich mein Gelübde und holte mir meine Freiheit zurück.«

»Die Arglosen im Ausland« erschienen im Dezember 1869 und wurden ein sensationeller Erfolg. Im ersten Jahr wurden rund 100000 Exemplare verkauft; das Monatseinkommen daraus belief sich auf annähernd 1500 Dollar – Geld, das Twain in einen begüterten Stand versetzte und ihm seine Eheschließung ermöglichte.

Wer hat, dem soll gegeben werden – am 2. Februar 1870 erhielt Twain von Jervis Langdon erstens die Hand der Tochter und zweitens als Überraschungsgeschenk eine Villa samt Einrichtung und Hauspersonal in Buffalo. Mit einem Privatzug fuhr die Hochzeitsgesellschaft dorthin. »Gegen neun wurden wir am Bahnhof empfangen, in verschiedene Schlitten verfrachtet und durch ganz Amerika gefahren, wie es mir vorkam – ich runzelte ziemlich eindeutig die Stirn und belegte meinen Freund mit recht unhöflichen Ehrentiteln, weil er eine Pension ausfindig gemacht hatte, die offensichtlich an keinem bestimmten Ort lag ... Endlich waren wir da, und als ich dieses Märchenschloß betrat, brach meine Wut sämtliche Deiche, und ohne jede Zurückhaltung las ich meinem Freund die Leviten, weil er so blödsinnig gewesen war, uns in einem Gasthaus unterzubringen, dessen Rechnungen ich nie im Leben würde bezahlen können. Plötzlich aber holte Langdon ein sehr hübsches Kästchen hervor, öffnete es und überreichte uns eine Urkunde, die uns das Haus übereignete. So fand diese Komödie ihren fröhlichen Schluß, und wir setzten uns zu Tisch. Gegen Mitternacht zogen sich die Gäste zurück und ließen uns in unserer neuen Wohnung allein. Ellen, die Köchin, kam noch herein und wollte unsere Wünsche wissen wegen der Besorgungen am nächsten Tag – und da plötzlich wurde uns klar, daß wir beide keine Ahnung hatten, ob Beefsteaks nach Litern oder Metern verkauft werden.«

Der Schöpfer und sein Werk

»Als Gott die Welt erschaffen hatte, fand er sie gut, und genau dies behauptete ich auch von meinem ersten Werk. Aber glaubt mir: Mit der Zeit verliert man das Vertrauen zu so verwegenen ersten Urteilen. Es ist mehr als wahrscheinlich, daß Gott heute über die Welt ganz ähnlich denkt wie ich über ›Die Arglosen im Ausland‹. Tatsächlich bestehen beide zu einem großen Teil aus Wasser.«

Begründungen

1870 wurde Sohn Langdon geboren. Als der frischgebackene, noch etwas unbeholfene Vater das Kind einmal auf seinem Schoß hielt, meinte die Mutter stolz: »Nun, du wirst doch nicht leugnen, daß du den Kleinen gern hast?«

»Nein, das will ich nicht, muß aber gestehen, daß ich ihn vor allem wegen seines Vaters respektiere.«

A Connecticut Yankee

Nach dem Tode des Schwiegervaters siedelte Familie Clemens 1871 nach Hartford, Connecticut, über, mietete zunächst ein Haus und ließ sich dann eine Villa bauen, die für damalige Verhältnisse von recht exzentrischer Architektur war – mit lichtdurchfluteten Zimmern, vielen Terrassen und dichtbegrünt. Das Haus stand in der Nachbarschaft des Anwesens von Harriet Beecher-Stowe, der Autorin von »Onkel Toms Hütte«.

Jahre später, anläßlich des fünfzigsten Geburtstages von Mark Twain, war in einem Magazin zu lesen: »Nur ein paar Schritte fort von Mrs. Stowes Haus bringen einen zu dem von Mr. Clemens, und noch weniger, wenn man die Abkürzung über Rasen und Gesträuch nimmt, und auf diesem kurzen Weg gelangt man vom alten New England zum modernen Amerika – von den schlichten Quartieren ethischer Prosa zum luxuriösen Domizil des westlichsten aller Humoristen.«

Ausgetrickst

Als die Familie 1874 das neue Haus in Hartford bezog, wurde in einem der neunzehn Zimmer ein schönes Arbeitszimmer für den Schriftsteller eingerichtet: großzügig, bequem möbliert, mit tiefliegenden Fenstern und einem verführerischen Ausblick.

Das aber eben war die Crux. »Diese Fenster – dauernd bin ich aufgestanden, um die Aussicht zu genießen. Und im Winter bei den wunderbaren Schneefällen konnte ich überhaupt nichts anderes mehr tun als hinauszustarren«, beklagte sich Twain.

Bald zog er ins Billardzimmer, in die dritte Etage unters Dach, und schrieb an einem Tisch, der nichts anderes als den Blick auf eine Wand und einige Bücherregale zuließ.

Die Hartford-Häuser

Die Häuser in Hartford trugen nicht – wie üblich – Namen, sondern waren schlicht numeriert. Twain, darauf angesprochen, bestätigte: »Mein Haus hat keinen Namen, es hat eine Nummer; aber ich habe nie behalten können, welche.«

Geladene und heimliche Gäste

Über dem Kamin hatte Twain eine Messingplatte mit den Worten von Ralph Waldo Emerson anbringen lassen: »Die Zierde eines Hauses sind die Freunde, die es besuchen.« In den siebzehn glücklichen Jahren, die die Familie hier lebte, war es dann auch ein gastfreies, in großzügiger und freigebiger Art geführtes Haus. Twain lud oft und gerne Freunde ein und pflegte auch regen nachbarschaftlichen Verkehr. »Die Türen«, so erinnerte er sich, »standen bei schönem Wetter in der ganzen Wohnkolonie stets offen.«

Harriet Beecher-Stowe – die »kleine Frau, die das Buch geschrieben hatte, das diesen großartigen Krieg in Gang brachte«, wie Lincoln einmal sagte – war inzwischen eine alte und leicht verwirrte Dame, die in ihren Hauspantoffeln durch die Gegend spazierte. Manchmal schlich sie sich ins Haus der Familie Clemens, setzte sich im Salon an den Flügel und sang melancholische Lieder. Den Schriftsteller, der »oben«, in der dritten Etage, seine Geschichten schrieb, störte das nicht.

Twains erster Roman – nicht von Twain?

Bei einer der geselligen Zusammenkünfte mit den Nachbarn, zu denen auch Charles Dudly Warner gehörte, der Herausgeber des »Hartford Courant«, entstand die Idee, einen Roman zu schreiben.

Twain und Warner hatten sich lustig gemacht über die Romane, die ihre Frauen leidenschaftlich gern lasen; ein Wort gab das andere, sollten die beiden Männer es doch besser machen!

Twain und Warner verabredeten: Jeder schreibt das Buch komplett, abends werden die einzelnen Kapitel vorgelesen, das bessere wird genommen. Schließlich entschied man sich doch für eine Arbeitsteilung. Twain war zuständig für die Haupthandlung und die Satire, Warner für die Liebesgeschichte und das Melodramatische.

Nach drei Monaten lag das Werk vor – und schockierte die amerikanische Öffentlichkeit. Es ging um Landspekulation, Krediterschleichung und käufliche Senatoren; mit eingebildeten Millionen macht der Phantast Colonel Sellers Geschäfte.

Twain habe seine humoristischen Fähigkeiten vergessen, habe ausschließlich die schlechten und abstoßenden Seiten Amerikas geschildert, kurz, er habe nur seinen Namen hergegeben, das Buch wäre gar nicht von ihm.

»The Gilded Age« erschien 1873, es war das erste, aber nicht das letzte Buch, mit dem Twain seine Leser enttäuschte. Sie wollten den Humoristen, den Spaßmacher, der bestimmte gesellschaftliche und politische Tabus nicht anzutasten hatte. George Bernard Shaw brachte es auf den Punkt: »Er muß die Dinge so darstellen, daß die Leute, die ihn andernfalls hängen würden, glauben, er mache Spaß.«

Mark Twains Poetologie

»Schreiben ist leicht, man muß nur die falschen Wörter weglassen.«

Auf Augenhöhe

Ein Freund Mark Twains begann eines Tages damit, selber kleine Erzählungen zu schreiben. Als er nach vielen erfolglosen Bemühungen schließlich doch eine davon bei einer Zeitung unterbringen konnte, kam er triumphierend mit dem Blatt, in dem sein Text veröffentlicht war, zu Mark Twain und sagte: »Weißt du, ich habe festgestellt, daß es gar nicht so schwer ist, solche Sachen zu schreiben.«

Mark Twain schaute seinen Freund verständnisvoll an und flüsterte ihm zu: »Selbstverständlich hast du recht! Sage es aber bitte nicht weiter und verrate uns beide nicht!«

Maß und Maßgaben

»Der Unterschied zwischen dem richtigen und dem beinahe richtigen Wort ist derselbe wie zwischen dem Blitz und einem Glühwürmchen.«

Eine Beschreibung aus erster Hand

Als Tochter Susy dreizehn war, beschloß sie, die Biographie des berühmten Vaters zu schreiben. Twain ließ sich darauf ein und neckte die Familie gerne damit, daß er sich nun würdevoll benehmen müsse, schließlich sei seine Biographin anwesend.

Susy beschreibt ihren Vater: »Papa ist ein sehr lieber Mann und ein sehr komischer. Er hat seine Launen, aber die haben wir alle in dieser Familie ... Am liebsten spielt er Billard, und wenn er müde ist und sich ausruhen will, bleibt er die ganze Nacht auf und spielt Billard ... Er raucht beinahe dauernd furchtbar viel. Er denkt genau wie ein Schriftsteller. Ein paar einfachste Sachen kann er nicht verstehen.«

Alleinunterhalter

Tochter Clara erinnert sich in ihrem Buch »Mein Vater Mark Twain«: »Wenn ich heute auf die Stunden zurückblicke, die Vater mit uns nur zum ›Spaßmachen‹ verbrachte, dann frage ich mich oft, wie er dabei noch so viele Bücher schreiben konnte ... Vaters Gehirn war so tätig, daß er niemals körperlich müde zu sein schien. Nach einem Tag, der mit geschäftlichen Angelegenheiten, literarischer Arbeit und ermüdenden Besuchen reichlich angefüllt war, stürmte er so voller Leben und Kraft an den Abendbrottisch, als finge der Tag gerade erst an ... Ohne mehr Anregung von uns als ein ›ja‹ oder ›nein‹, das ihm bewies, daß wir ihm zuhörten, konnte Vater die ganze Unterhaltung allein führen, beleben und beenden.«

Coram publico

Mark Twain liebte es, seine Gäste mit Scherzen und Bonmots zu unterhalten. Einer der Gäste sagte einmal zu Tochter Susy: »Ihr Vater ist wirklich äußerst amüsant.«

»Ja«, entgegnete das Mädchen zögernd, »besonders, wenn wir Besuch haben.«

Glaubensfragen

Mark Twain mied den Besuch der Kirche wie – nun, wie der Teufel das Weihwasser. Seinen Töchtern gegenüber erklärte er, er könne es nicht ertragen, einen anderen als sich selbst reden zu hören.

Das glaubten sie ihm aufs Wort.

Wortgefechte

Es gab Ehestreit im Hause Twain, und wütend warf Olivia ihrem Mann vor: »Genau, wie ich immer sage! Du mußt stets das letzte Wort haben!«

»Aber liebste Livy«, versuchte Twain sie zu besänftigen, »ich konnte doch nicht wissen, daß du schon mit dem Schelten aufhören wolltest!«

Appetite

Als Mark Twain einmal krank darniederlag, trotzdem aber einen guten Appetit hatte, gestand ihm seine Frau nichts weiter als Hafersuppe zu Mittag zu. Mürrisch aß er den Teller leer. Als sie ihn anschließend fragte, ob er nun etwas Lesestoff wünsche, antwortete er: »Ja, schonungsbedürftig wie ich bin, verlangt es mich nach einer Briefmarke zum Schmökern!«

In God we trust

Mark Twains Frau bestand darauf, daß ihr Mann vor jeder Mahlzeit das Tischgebet sprach. Einmal hatte die Familie einen halbtauben Kapitän zu Gast. Der Hausherr begann mit dem Tischgebet, und der Kapitän fragte: »Was sagen Sie?«

»Ich spreche das Tischgebet.«

»Sprechen Sie doch bitte lauter. Ich verstehe Sie nicht.«

»Das Tischgebet«, wiederholte Twain mit erhobener Stimme.

»Noch lauter!« forderte der Kapitän.

Da brüllte Mark Twain: »Verdammt noch mal! Ich spreche das Tischgebet!«

Vom Fluch des Fluchens

Schon als Junge und erst recht auf den Mississippi-Dampfern und den Goldgräberfeldern hatte Twain das Fluchen gelernt und verfügte über einen beträchtlichen Wortschatz. Bei der Eheschließung mußte er seiner Frau versprechen, die üble Gewohnheit des Fluchens abzulegen.

Als die ersten Fahrräder aufkamen, lernte Twain sofort Radfahren – mit erheblicher Mühe. Nach acht Tagen hatte er das freiwillige Absteigen erlernt, das unfreiwillige Herunterfallen beherrschte er längst. Er bezeichnete das hohe Zweirad »als das widerborstigste Ding, das jemand je zu zähmen hatte.« Obgleich er noch gar nicht sicher im Sattel saß, unternahm er einen Ausflug. Ziemlich lädiert kam er wieder zu Hause an, erklärte aber stolz: »Jetzt weiß ich erst, was Fluchen ist!«

Betrübt sagte darauf seine Frau: »Du hast mir doch versprochen, keine häßlichen Ausdrücke mehr zu gebrauchen.«

Verschmitzt erwiderte Twain: »Ich habe auch nicht ein einziges Mal geflucht. Das haben die Leute getan, die ich angefahren habe!«

Wort und Melodie

Mrs. Clemens war von ihren spracherzieherischen Erfolgen überzeugt. Twain erzählt, wie »ein Unfall« ihn schließlich doch entlarvte. Der Unfall geschah, weil er eines Morgens vergaß, die Tür vom Schlafzimmer zum Bad zu schließen, etwas, worauf er stets penibel achtete, denn allmorgendlich war das Rasieren eine schlimme Prüfung, von der er wußte, daß er sie selten ohne verbale Hilfsmaßnahmen zu Ende führte.

An diesem bewußten Morgen jedoch geschah folgendes: »Ich zog ein Hemd an. Es fehlte der Knopf (der einzige, und deswegen entscheidende). Die Temperatur meiner Laune hüpfte im Nu mehrere Grad aufwärts, und meine Bemerkungen wuchsen entsprechend sowohl an Lautstärke als auch an Ausdruckskraft. Ich riß das Fenster auf und warf das Hemd hinaus. Es landete auf dem Gesträuch, wo es die Leute auf ihrem Weg zur Kirche bewundern konnten, wenn sie wollten ... Immer noch mit Grollen und Donnern zog ich ein zweites Hemd an. Wieder war der Knopf abwesend. Ich mehrte meine Rede und warf auch dieses Hemd zum Fenster hinaus ... Ich war zu wütend, zu wahnsinnig, das dritte Hemd zu untersuchen, sondern zog es rasend an. Wieder fehlte der

Knopf, und dieses Hemd folgte seinen Kameraden aus dem Fenster. Dann richtete ich mich auf, sammelte meine Reserven und ging los wie eine Kavallerie-Attacke. Mitten in diesem großartigen Ansturm fiel mein Auge auf die klaffende Tür – und ich war wie gelähmt.

Es dauerte eine Weile, bis ich meine Toilette beendet hatte. Ich dehnte meine Zeit aus bei dem Versuch, einen Beschluß zu fassen, was ich unter den Umständen am besten tun konnte. Ich versuchte zu hoffen, daß Mrs. Clemens noch schliefe, aber ich wußte es ja besser. Ich konnte nicht durch das Fenster entkommen, es war eng und nur für Hemden geeignet. Schließlich entschloß ich mich, kühn durch das Schlafzimmer zu schlendern mit der Haltung eines Mannes, der überhaupt nichts getan hatte. Ich legte die halbe Strecke erfolgreich zurück ... Mitten im Zimmer mußte ich stehenbleiben. Ich konnte nicht mehr weitergehen ... Jeder weiß, wie es ist, wenn man davon überzeugt ist, daß man von hinten unverwandt angesehen wird. Man muß einfach den Kopf drehen – man kann nicht anders. Ich drehte meinen um ... Vor den weißen Kissen sah ich den schwarzen Kopf, ich sah dieses schöne Gesicht; und ich sah die bezaubernden Augen mit einem Ausdruck, den ich nie zuvor in ihnen gesehen hatte. Sie bissen und blitzten vor Empörung. Ich spürte, wie ich zusammensackte, wie ich unter diesem anklagenden Blick zu nichts zusammenschrumpfte ... Dann öffneten sich die Lippen meiner Frau und aus ihnen kam – meine letzte Badezimmer-Bemerkung. Die Sprache vollkommen, aber der Ausdruck samtweich, praxisfremd, lehrlingshaft, unwissend, unerfahren, komisch unangemessen, absurd schwach und ungeeignet für die großartige Sprache. Zeit meines Lebens hatte ich nicht so schlecht zueinander Passendes gehört ... diese kraftvollen Worte zu dieser schwächlichen Melodie. Ich versuchte, nicht zu lachen, denn ich war ein Schuldiger und zutiefst der Gnade und Barmherzigkeit bedürftig. Ich versuchte, nicht herauszuplatzen, und es gelang mir – bis sie ganz ernsthaft sagte: ›So, nun weißt du, wie es klingt!‹

Da explodierte ich: ›O Livy, wenn es so klingt, der Himmel verzeihe mir, dann will ich es nie wieder tun!‹«

Geprüft auf Punkt und Komma und schlechte Worte

Nicht nur die Umgangsformen ihres Mannes nahm Mrs. Clemens ins Visier. Mit nicht weniger strengem Blick las sie seine Manuskripte. Die Töchter erinnerten sich, wie sie »Eselsohren« in die Seiten machte, was bedeutete, daß eine – wie Susy es formulierte – »entzückend und faszinierend furchtbare Stelle« gestrichen werden mußte.

Gute Erziehung

Umgekehrt konnte auch Twain einen erzieherischen Einfluß geltend machen und seiner Gattin solches Teufelswerk wie Zigarren und Alkohol in ein milderes Licht rücken. An seine Schwester Pamela schrieb er: »Endlich habe ich Livy beigebracht, jeden Abend eine Flasche Bier zu trinken, und zu gegebener Zeit werde ich die Kinder lehren, dasselbe zu tun.«

Eine Medizin namens Cocktail

In England lernte Twain ein modernes Getränk kennen – Scotch Whisky mit Zitrone, Zucker und Angostura bitter –, »man nennt es Cocktail«, schrieb er an Livy.

Bevor er die Heimreise antrat, erteilte er seiner Frau den Auftrag, die entsprechenden Zutaten zu besorgen, denn diese anregende und verdauungsfördernde Mischung wolle er fortan immer vor dem Frühstück, vor dem Abendessen und kurz vor dem Zubettgehen zu sich nehmen. So habe es ihm ein Schiffsarzt empfohlen. Hätte sie da widersprechen können?

Ein Mann und seine Namen

Sein weltbekannter Schriftstellername: Mark Twain. Als Geschäftsmann unterzeichnete er als Samuel Clemens. In seiner Familie und von älteren

Freunden wurde er mit »Sam« angeredet. Neue Bekannte übernahmen aus seinem Pseudonym die Anrede »Mark«. Zeit ihrer Ehe gebrauchte Olivia den Kosenamen »Youth«, Junge. Weil Twain vom sittigenden Einfluß des weiblichen Geschlechts auf die Männer im allgemeinen und von Olivias »sanfter Herrschaft« im besonderen überzeugt war, wird ihn der erzieherische Beigeschmack dieser Anrede nicht gestört haben. Zudem meinte er, über einige innere und äußere Eigenheiten und Angewohnheiten zu verfügen, die einem viel jüngeren Menschen als ihm angemessen wären.

Die Liebenswürdigkeit in Person

Als Twains Schwiegermutter einmal zu Besuch kam, beschwerte sie sich bei ihrem Schwiegersohn: »Es war nicht liebenswürdig von dir, mir bei meiner Ankunft keinen Kuß zu geben!«

»Beruhige dich«, antwortete Mark Twain, »ich habe das in meiner ersten Freude übersehen, aber dafür bekommst du bei deiner Abreise bestimmt drei Küsse von mir.«

Wortklauberei

Mark Twain nahm einmal an einer Veranstaltung des Frauenverbandes teil. Die Rednerin führte aus: »Es trifft einfach nicht zu, daß Frauen wesentlich mehr reden als Männer. Ein im Berufsleben stehender Mann spricht im Durchschnitt, wie Untersuchungen ergeben haben, etwa 27000 Wörter am Tag, und eine Frau bringt es durchschnittlich auf 30000.«

»Kann stimmen«, erklärte Mark Twain daraufhin. »Das Dumme daran ist nur, daß ich, wenn ich abends müde nach Hause komme, meine 27000 Wörter schon von mir gegeben habe, während meine Frau mit ihren 30000 erst anfängt!«

Am Anfang war das Wort

Twain beklagte sich bei seiner Frau über eine Dame, die die unangenehme Eigenschaft hatte, ihren Mitmenschen ständig ins Wort zu fallen. »Ich müßte dem Mann dieser Dame sagen, wie froh ich bin, daß sie nicht dabei war, als Gott sagte, es werde Licht – wir stünden heute noch im Dunkeln.«

Leihbibliothek?

Twain führte einige Freunde in seine Bibliothek. Die Gäste wunderten sich darüber, daß so viele Bücher auf den Fußboden, auf den Stühlen und überall, wo Platz war, gestapelt waren.

»Was soll ich machen?« meinte Twain. »Es ist mir leider noch nicht gelungen, auch Bücherregale bei den Leuten auszuleihen.«

Sein eigener Fan

Als Olivia Clemens einmal das Bibliothekszimmer betrat, traf sie ihren Gatten in einem Buch lesend an – und er schüttelte sich dabei vor Lachen. Als sie fragte, was er da lese, antwortete er, er habe sich nicht die Zeit genommen, einen Blick auf den Titel zu werfen, und las weiter. Sie schaute über seine Schulter auf den Umschlag. Es war eines seiner eigenen Bücher.

Was für eine Stadt!

Als sich Mark Twain in Berlin aufhielt, gewann er folgende Erkenntnis: »Ich glaube nicht, daß es irgend etwas auf der ganzen Welt gibt, was man in Berlin nicht lernen könnte – außer der deutschen Sprache!«

Die schreckliche deutsche Sprache

In seinem »Bummel durch Europa« berichtet er: »Oft ging ich ins Heidelberger Schloß, um mir die Raritätensammlung anzusehen, und eines Tages überraschte ich den Kustos mit meinem Deutsch. Ich redete ausschließlich in dieser Sprache. Er war sehr interessiert; und nachdem ich eine Weile gesprochen hatte, sagte er, mein Deutsch sei höchst seltsam, möglicherweise ein ›Unikum‹, und wollte es seinem Museum einverleiben.

Wenn er gewußt hätte, was mich diese Fertigkeit zu erwerben gekostet hatte, hätte er auch gewußt, daß jeder Sammler dem Ruin entgegenging, der sie kaufen wollte ... Ein Mensch, der nicht Deutsch gelernt hat, kann sich gar keine Vorstellung davon machen, was das für eine komplizierte Sprache ist.«

Und er schlug vor: »Die deutsche Sprache sollte sanft und ehrfurchtsvoll zu den toten Sprachen abgelegt werden, denn nur die Toten haben die Zeit, diese Sprache zu lernen ...«

Auf die Zunge gebissen

In Mannheim besuchte Twain eine Aufführung von Wagners »Lohengrin«. Es war ein »ungeheures Gebumse, Gepauke, Gedröhn und Gekrache«. Eine der begeisterten Besucherinnen erklärte ihm, er müsse nur immer wieder diese Oper hören, dann würde er entdecken, daß sie »ganz aus Musik« bestehe und sich daran erfreuen. »Würden Sie jemandem raten, jahrelang Zahnweh im tiefsten Magen zu haben, damit er dann allmählich dazu kommt, sich daran zu erfreuen?« – dachte Mark Twain und sprach es nicht aus! Dafür aber später den Satz: »Wagners Musik ist besser, als sie sich anhört.«

»Hubsche Redan und kommische Geschichtern«

Olivia Clemens las täglich mit den Töchtern deutsch, und auch der Vater bemühte sich um die Sprachkenntnisse der Kinder: Gelegentlich schrieb er ihnen von seinen Reisen Briefe auf Deutsch. Wie zum Beispiel diesen, vom Dezember 1884:

»Susie, my dear, I have been intending to write you and Bay* for a long time, but have been to busy. Nach meinen Vorlesung in Ithaka ging ich in der Bier lager und fand ungefähr fierzig Studenten von Cornwell Universität dort gesammelt; und sie machten mich herzlich will durch heftig jüchzend und platchen in die Hände. Dann Sangen Sie viele Prachtvolle Gesänge, mit solo und donnerhaftem Chor. Ich habe dort geblieben bis nach Mitternacht, dann machte ich ihnen eine hubsche Redan, und erzählte zwei kommische Geschichtern, die waren mit grossen Beifal erhielt. Nachdem fuhr ich nach Hause und bald ins Bett gegangen wurde.

I love you sweetheart
goodbye
Papa«

* Kosename für die Tochter Clara

Überrumpelt

Bei einem Abendessen sollte Mark Twain eine Rede halten. Er war überrascht, daß er als erster Redner sprechen mußte. Er erhob sich von seinem Platz und begann: »Dieses hier erinnert mich an die Inschrift auf einem Grabstein in Maryland: Ich habe es zwar erwartet, jedoch nicht so schnell.«

Bonmot

Liegt nicht ein Trost darin, daß es Mark Twain war – der brillante Unterhalter, der witzige Gesprächspartner, der sprühende Geist, der redegewohnte und redegewandte Mann –, der das Bonmot prägte: »Schlagfertigkeit, das ist, worauf du erst 24 Stunden später kommst«?

Geplänkel

In Paris traf Twain mit dem Schriftsteller Paul Bourget zusammen. Es entspann sich eine muntere Plauderei, und der Franzose stichelte: »Ein Amerikaner kann sich nie wirklich langweilen. Wenn er einmal nicht mehr weiß, was er tun soll, kann er schon ein paar Jahre damit verbringen, zu untersuchen, wer und was eigentlich sein Großvater gewesen ist!«

»Stimmt«, pflichtete Mark Twain bei. »Und zum Glück ist die Welt so eingerichtet, daß auch ein Franzose die aufkommende Langeweile vertreiben kann, indem er herauszubekommen versucht, wer eigentlich sein Vater war.«

Einen Korb gekriegt

Auf einer Mississippi-Reise 1882 schloß sich dem berühmten Autor ein junger Dichter an, der das gepflegte Gespräch suchte und auf einem Uferspaziergang emphatisch ausrief: »In diesen melancholischen Weiden liegt doch eine Menge Poesie!«

»Ja, allerdings«, gab Twain zu, »aber erst, wenn sie zu Papierkörben verarbeitet sind!«

Schreibmotivationen

»Huckleberry Finn« – jenes Buch, über das Hemingway sagte, »die ganze moderne amerikanische Literatur stammt davon ab« – war erschienen. Tochter Susy hatte es gemeinsam mit einer Freundin gelesen und ihrem auf Reisen weilenden Vater geschrieben, wie sehr es ihnen gefallen habe. Der Vater antwortete: »Ich bin froh, daß Du und Daisy so viel Freude an Huck Finn hatten. Ich wünschte, ich hätte noch so ein Buch für euch.«

Inspirierender Ort

Die Sommermonate verbrachte die Familie stets auf dem Quarry-Hof bei Elmira, dem Sommersitz der Langdons, wo nach dem Tode von Jervis Langdon seine Adoptivtochter Susan Langdon Crane lebte. Sie gab ihrem Haus den Namen »Villa Tu-was-du willst«. Die Geschichten von Tom Sawyer und Huckleberry Finn entstanden hier.

Lesarten

Die Aufhebung der Sklaverei war das eine, die Diskriminierung der Schwarzen das andere. Und als plötzlich jemand bemerkte, daß in den Geschichten Mark Twains weiße Jungen ganz selbstverständlichen Umgang mit Schwarzen hatten, setzten einige Staaten den »Huckleberry Finn« auf den Index, wo das Buch bis in die 30er Jahre blieb. Dann kam der Zweite Weltkrieg, den die USA nicht nur mit vielen schwarzen Soldaten, sondern auch mit der Behauptung führten, einen »Kreuzzug gegen den Rassismus« der Deutschen zu unternehmen. So wurden die Druckerpressen für Papier-Dollars und Kriegsanleihen angeworfen und auch, um den »Huckleberry Finn« in Massen zu drucken. Roosevelt, Truman und Eisenhower drückten das Buch jedem Staatsgast in die Hand.

Fünfundzwanzig Jahre später fiel plötzlich wieder jemanden etwas auf, nämlich daß Mark Twain – wie es zu seiner Zeit üblich war – von »Niggern« sprach. Wo blieb denn da die *political correctness?*

Das Buch kam erneut auf den Index, aus genau den gegenteiligen Gründen wie 80 Jahre zuvor. Es gab eine Menge zu argumentieren und prozessieren, bevor das nunmehr als »rassistisch« verschriene Buch wieder in die Regale durfte.

Mark Twain hätte sich im Grabe umgedreht – vor Lachen!

Ein Gentleman

Etikette galt viel im viktorianischen Connecticut, und Freunde und Nachbarn fühlten sich brüskiert, wenn Twain seine Besuche machte, ohne sich vorher der Mühe zu unterziehen, einen Schlips und den gebräuchlichen losen Kragen umzubinden. Als er wieder einmal in seinem unordentlichen Aufzug einen Nachbarn besucht hatte, beschwerte sich dieser. Nach Hause zurückgekehrt, packte Twain fein säuberlich ein kleines Paket und schickte es zusammen mit einem Brief an den Nachbarn. Der Brief lautete: »Vorhin besuchte ich Sie für eine halbe Stunde ohne Schlips und Kragen. Diese beiden Dinge habe ich in das beifolgende Paket gepackt. Wollen Sie so freundlich sein und beides dreißig Minuten lang anstarren. Dann schicken Sie mir die Sachen bitte wieder zurück.«

Hoher Besuch

Twain bat in einem Brief einen Freund darum, ihn doch einmal zu besuchen. Der Freund antwortete, leider könne er wegen Arbeitsüberlastung nicht kommen. Seinen Brief schloß er mit der üblichen Floskel: »Gott sei bei Dir.«

Twain schrieb zurück: »Er kam nicht! Schicke das nächste Mal jemanden, auf den man sich verlassen kann.«

Drei gute Gründe

Mark Twain verbrachte das Wochenende bei einem Freund, der ihn am Sonntagmorgen fragte, ob er einen Drink vor dem Frühstück nehmen wolle.

»Nein danke«, wehrte Mark Twain ab. »Aus drei Gründen muß ich leider ablehnen.«

»Und die wären?«

»Erstens bin ich Abstinenzler, zweitens trinke ich vor dem Frühstück niemals Alkohol und drittens habe ich vorhin schon drei Kognaks getrunken.«

Ein Übel kommt selten allein

Mark Twain war einmal in die Hände eines dilettantischen Barbiers geraten, der ihm eine Rasur verpaßte, bei der es nicht ohne Verletzungen seiner Haut abging. Tapfer ertrug er die Strapazen. Als der Barbier nach vollendetem Werk jedoch zum Kamm griff, um sich der dichten Haarpracht des Schriftstellers zu widmen, wehrte Twain heftig ab: »Es genügt mir, die Haut abgezogen zu bekommen, ich lehne es ab, auch noch skalpiert zu werden.«

Leihgaben

Mark Twain suchte einen Nachbarn auf und fragte, ob er bei ihm wohl ein Buch ausleihen dürfe.

»Gerne«, stimmte der Nachbar zu, »ich muß Sie aber bitten, das Buch hier bei mir zu lesen. Es gehört zu meinen Grundsätzen, keine Bücher aus dem Hause zu geben, weil die Erfahrung lehrt, daß sie meistens nicht zurückgegeben werden.«

Einige Tage später wollte derselbe Nachbar Twains Rasenmäher ausleihen.

»Mit Vergnügen«, meinte Twain. »Sie dürfen ihn aber nur hier bei mir benutzen. Das gehört zu meinen Grundsätzen.«

Spiegelbild

Eine Zeitlang erhielt Mark Twain Briefe von Leuten, die wissen wollten, wie sehr ihr eigenes Porträt dem bärtigen Gesicht des berühmten Schriftstellers gleiche. Schließlich wurde die Beantwortung dieser Anfragen eine derartige Plage, daß Twain sich einige hundert Exemplare folgenden Standardbriefes drucken ließ: »Lieber Herr! Vielen Dank für Brief und Photographie. Nach meiner Meinung gleichen Sie mir mehr als irgendein anderer meiner zahlreichen Doppelgänger. Ich muß sogar sagen, daß Sie mir ähnlicher sehen als ich mir selber. Ich verwende darum Ihr Bild künftig statt eines Spiegels, um mir danach den Bart zu schneiden. Ihr dankbarer Mark Twain.«

Ein Versprechen

An einem Neujahrsmorgen hielt Mark Twain seinen Freunden eine kleine Rede und endete mit den Worten: »Im neuen Jahr will ich nur noch von meinen eigenen Einkünften leben, und wenn es sich als nötig erweist, werde ich mir eben Geld von Euch leihen, um dieses Versprechen halten zu können.«

Ein suspektes Unterfangen

Mark Twain erinnert sich, daß er als Junge, in einem Alter, in dem er noch leichte Beute für die Besserungspläne wohlmeinender alter Jungfern und Großmütter war, einmal ein Tagebuch zu führen begann. Die Einträge lauteten: »Montag: stand auf, wusch mich, ging zu Bett. Dienstag: stand auf, wusch mich, ging zu Bett. Mittwoch: stand auf, wusch mich, ging zu Bett. Donnerstag: stand auf, wusch mich, ging zu Bett« – und so weiter und so fort, bis er entmutigt aufhörte, denn aufsehenerregende Ereignisse schienen auf seiner Lebensbahn zu selten, als daß sie ein Tagebuch erforderten. Er habe seither nie mehr den Mut gehabt, eines zu führen, und der Verlust an Selbstvertrauen auf diesem Gebiet halte an. Rückblickend erfülle ihn lediglich mit Stolz, daß er sich sogar in jenem frühen Alter wusch, wenn er aufstand.

Überzeugendes Argument

Einer von Twains Bekannten, der Mormone war, verteidigte die moralische Berechtigung der Polygamie. Nach einer langen Rede, in der er seine Lebensweise mit einer Reihe von Vernunftgründen rechtfertigen wollte, verlangte er schließlich von Twain, er möge ihm doch mit einem Bibelzitat belegen, daß die Vielweiberei verboten wäre.

»Nichts leichter als das«, entgegnete Twain. »Niemand kann zween Herren dienen.«

Die Schöne und das Biest

Auf einem Spaziergang begegnete Twain einer ihm bekannten jungen Dame, die ihm erzählte, daß sie zusammen mit ihrem reinrassigen Hund, den sie an der Leine mit sich führte, beim Photographen gewesen wäre. Sie habe gerade einen Probeabzug von der Aufnahme abgeholt. Den zeigte sie Twain und meinte dabei kokett: »Finden Sie nicht, Mr. Twain, daß man das Bild ›La belle et la bête‹ nennen könnte?«

»Ja«, räumte Twain ein, wobei er sich niederbeugte und den Hund streichelte, »das Hundchen ist wirklich eine Schönheit!«

Schlagabtausch

Der Rechtsanwalt Chauncey Depew, ein Freund Twains, war bekannt für seine launigen Ansprachen. Einmal waren beide als Tischredner zu einem Festmahl gebeten worden. Twain sprach als erster, und seine Rede war begeistert aufgenommen worden. Dann erhob Depew sich von seinem Platz und sagte: »Meine Damen und Herren! Mister Twain und ich haben uns diesmal darüber geeinigt, unsere Reden auszutauschen. Meine haben Sie also soeben gehört, und ich danke Ihnen herzlich für deren freundliche Aufnahme. Ich bedauere jedoch sehr, wenn ich zugeben muß, daß ich das Konzept von Mister Twains Rede verloren habe. Leider bin ich nicht imstande, mich auch nur an ein einziges Wort von dem, was er Ihnen zu sagen hatte, zu erinnern.«

Da stand Twain noch einmal auf und sagte lächelnd: »Ich muß Sie enttäuschen, Mister Depew, und feststellen, daß Ihr Gedächtnis wohl nicht mehr das beste ist, denn ich hatte es mir inzwischen überlegt und statt Ihrer Rede doch lieber meine eigene gehalten.«

Vorschnell

Ein Reporter suchte Mark Twain auf, um ein Interview von ihm zu erbitten. Er forderte ihn auf: »Ach, bitte, Mr. Twain, erzählen Sie mir doch möglichst ausführlich Ihre Lebensgeschichte.«

»Well«, begann Twain, »zur Zeit Georgs III., also in meiner Jugend, pflegte ich ...«

»Entschuldigen Sie«, unterbrach ihn der Reporter, »ich weiß natürlich, daß Sie unmöglich zur Zeit Georgs III. gelebt haben.«

»Vortrefflich, junger Freund«, gab Twain zu, »ich muß Ihnen ein Kompliment machen. Sie sind der erste und einzige Reporter, den ich jemals gesprochen habe, der einen Fehler berichtigt, bevor das Manuskript in Druck gegangen ist.«

To whom it may concern

»Das schönste aller Geheimnisse: ein Genie zu sein und es als einziger zu wissen.«

Standesgemäß

Auf einer seiner Reisen war Mark Twain in einem kleinen Hotel im Westen der Vereinigten Staaten abgestiegen. Als er sich in das Fremdenbuch eintragen wollte, sah er, daß der letzte Gast vor ihm geschrieben hatte: »Baronesse Sowieso mit Gefolge.«

Twain schrieb darunter: »Mark Twain mit Koffer.«

Gott ist allwissend

Mark Twain war wieder einmal auf Reisen. Niemand wußte, wohin er gefahren war. Als seine New Yorker Freunde ihm zum Geburtstag gratulieren wollten, adressierten sie den Brief einfach: »An Mark Twain, Gott weiß wo.«

Viele Wochen später kam eine Antwort aus Italien, die lautete: »Er wußte es.«

Déjà vu

Von einer Reise zurückgekehrt, erzählte Mark Twain seinen Freunden: »In Philadelphia besuchte ich ein Museum. Ich hatte Tränen in den Augen, als ich dort Washingtons Degen hängen sah.«

»Woher wußtest du denn, daß es sich um Washingtons Degen handelte? War es auf einem Schild vermerkt?«

»Nein, das nicht«, entgegnete Twain, »aber ich habe ihn sofort erkannt, weil ich ihn früher schon in vielen anderen Museen gesehen habe.«

Ein bauernschlauer Yankee

Familie Clemens verbrachte den Sommerurlaub wieder einmal auf dem Quarry-Hof. Hier erschien an einem schönen Abend eine Kommission der Dorfältesten bei Mark Twain. Die Herren baten um einen kleinen Beitrag für einen neuen Zaun um den Friedhof.

»Nein«, wehrte Twain ab, »dafür gebe ich nichts, meine Herren. Wozu braucht ein Friedhof einen Zaun? Alle Leute, die schon dort sind, kommen sowieso nicht wieder heraus, und diejenigen, die noch nicht dort sind, wollen ganz bestimmt nicht hinein.«

Wenn einer eine Reise tut ...

Auf einer Bahnfahrt hatte Mark Twain sich hinter einem Buch verschanzt. Einem der Mitreisenden – ein behäbiger Pfarrer, begleitet von Frau und Tochter – stand der Sinn nach einem Gespräch: »Eine herrliche Landschaft, nicht wahr?« versuchte er die Unterhaltung einzuleiten. Doch Twain reagierte nicht.

»Mir scheint, Sie lesen ein sehr interessantes Buch«, probierte der Pfarrer es erneut, jedoch wieder ohne Ergebnis.

Nach einer kleinen Pause ein neuer Versuch: »Darf ich Ihnen wohl eine gute Zigarre anbieten?«

»Nein, danke! Ich rauche nicht.«

»Welch verständiger Mann. Aber wie wäre es mit einem Whisky? Es ist eine feine Marke.«

»Nein, danke! Ich mache mir nichts aus alkoholischen Getränken.«

»Das ist wirklich ungewöhnlich! Sie sind ein bewundernswerter Mensch! Erlauben Sie, daß ich Sie mit meiner Frau und mit meiner Tochter bekanntmache?«

»Nein, danke! Ich mache mir auch nichts aus Erotik!«

Was sich auszahlt

Ein Reporter fragte einmal: »Mr. Twain, wie haben Sie eigentlich Ihr erstes Honorar verdient?«

Twain klärte ihn auf: »Das war so: In der Schule,

die ich besuchte, bezogen wir von den Lehrern noch tüchtig Prügel. Allerdings hatten wir die Möglichkeit, uns davon freizukaufen, wenn wir ein Geldstück mitbrachten, das dann für einen wohltätigen Zweck verwendet wurde. Als ich wieder einmal an der Reihe war, zwischen beidem zu wählen, gestand ich dem Vater meine Missetat. Der Gute wollte mir eine Tracht Prügel ersparen und gab mir das Geld. Ich behielt es für mich und ließ mich lieber durchbleuen. Das war mein erstes Honorar.«

Ratschlag

Ein Verfasser lyrischer Ergüsse sandte ein Manuskript an Twain und schrieb in seinem Begleitbrief: »Ich habe noch weitere Eisen im Feuer.« Twain antwortete: »Nehmen Sie die Eisen heraus und stecken Sie die Gedichte hinein.«

Ein Schöngeist

Als Mark Twain einmal gefragt wurde, welches Instrument er bevorzuge, bekannte er: »Meine besondere Vorliebe gilt dem Klavier. Kein anderes Instrument schätze ich so sehr. Zu der Zeit, als ich noch ein kleiner Junge war, hatten wir in meiner Heimatstadt eine furchtbare Überschwemmung, und das Hochwasser stand bis zum ersten Stock unseres Hauses. Meinem Vater blieb nichts weiter übrig, als sich auf eine unserer Kommoden zu setzen. Auf dieser trieb er dann den Fluß hinunter, bis man ihn rettete.«

»Ja, aber was hat denn das mit Ihrer Vorliebe für das Klavier zu tun?«

»Sehr viel! Ich habe meinen Vater auf dem Klavier begleitet.«

Licht am Ende des Tunnels

Auf einer seiner Reisen stieg Mark Twain in ein Eisenbahnabteil, in dem nur ein einzelner Reisender saß, obgleich der Zug überfüllt war. Der Mann hatte erfolgreich mit einem Trick bereits mehrere Personen abgewimmelt. Mit leidender Miene behauptete er – und wollte auch Twain damit hinausgraulen –: »Zu meinem Bedauern muß ich Sie darauf aufmerksam machen, daß ich Diphtherie und Scharlach habe.«

»Ach, das macht doch nichts!« erwiderte Twain und ließ sich im Abteil nieder. »Ich wollte im nächsten Tunnel sowieso Selbstmord begehen.«

Schnäppchenjäger

Mark Twain suchte eine Buchhandlung auf. Er fragte nach dem Preis eines bestimmten Buches – es sollte vier Dollar kosten.

»Ja«, meinte Twain, »ich bin aber Journalist. Bekomme ich als solcher keinen Rabatt bei Ihnen?«

»Natürlich«, stimmte der Buchhändler zu.

»Außerdem schreibe ich auch Revuen und Theaterstücke, und ich vermute, daß Sie mir deshalb ebenfalls einen Preisnachlaß gewähren?«

»Das ist selbstverständlich.«

»Dann arbeite ich noch an vielen angesehenen Magazinen mit. Vielleicht kann ich dafür den Preis des Buches ebenfalls ein wenig herabgesetzt bekommen?«

»Gerne.«

»Auch einige Bücher habe ich geschrieben. Das gibt mir doch wohl das Recht, das Buch etwas billiger zu erwerben?«

»Aber gewiß doch.«

»Ich besitze auch einige Aktien dieser Firma hier. Dadurch wird das Buch doch auch noch etwas niedriger im Preis, nicht wahr?«

»Zweifellos«, meinte der Buchhändler und verbeugte sich tief.

»Sagen Sie, mein lieber Herr, haben Sie schon von Mark Twain gehört? Unter diesem Namen bin ich bekannt.«

»Natürlich, natürlich!«

»Und könnte mein Name vielleicht Anlaß für Sie sein, das Buch noch ein wenig im Preis herabzusetzen?«

»O ja, ja, gewiß, selbstverständlich, Mr. Twain.«

»Nun, das freut mich! Wieviel muß ich also dafür bezahlen?«

»Aber ich bitte Sie, Mr. Twain – das Buch kostet für Sie selbstverständlich gar nichts. Nein, wenn Sie es nehmen, ist die Firma Ihnen noch 75 Cents schuldig.«

Schlechte Laune inbegriffen

Mark Twain gab zu, daß er für bestimmte geschäftliche Vorgänge gänzlich ungeeignet war. »Verwickelte Dinge stören mich; sie irritieren mich; im weiteren Verlauf erwärmt sich dieses Gefühl bald zu Zorn. Noch nicht einmal im gewöhnlichsten und simpelsten Vertrag – mit seinen ›Parteien der ersten Seite‹ und ›Parteien der zweiten Seite‹ und ›Parteien der dritten Seite‹ – kann ich länger lesen, ohne bald meine sämtliche Laune zu verlieren.«

Als einmal sein Sekretär eine vertragliche Angelegenheit mit ihm klären wollte, beschied er ihn: »Ich wollte, ich könnte es verstehen, aber ich verstehe es nicht. Bereden Sie das mit meiner Katze!«

Übers Ziel hinausgeschossen

Mark Twain erzählt folgende Geschichte: »An jenem Morgen predigte statt eines Pfarrers ein Missionar, der eine prachtvolle Stimme hatte. In ergreifender Schlichtheit erzählte er von den Leiden der Neger und wie dringend sie Hilfe benötigten. Ich war so gerührt, daß ich statt der fünfzig Cents, die ich zu opfern gedachte, die Spende verdoppeln wollte. Die Schilderungen des Missionars wurden immer eindringlicher, und ich nahm mir vor, meine Gabe weiter zu steigern: auf zwei, drei Dollar, vier, fünf Dollar. Schließlich war ich fast dem Weinen nahe und fand, alles Geld, das ich bei mir hatte, reiche nicht aus, und ich müsse dem Redner einen ansehnlichen Scheck aushändigen.

Der Missionar aber redete und redete, so daß mir die Sache dann doch zu langweilig wurde. Immer mehr ließ ich die Idee mit dem Scheck fallen. Kleiner und kleiner wurde meine Spende. Der Missionar redete aber immer noch und erreichte damit bei mir, daß ich bei der Sammlung schließlich ganze zehn Cents auf den Teller legte.«

Ein bemerkenswerter Mann

Der um dreißig Jahre jüngere englische Schriftsteller Rudyard Kipling besuchte Mark Twain in Elmira. Er war zu dieser Zeit noch kein namhafter Autor. Als Olivia ihren Mann nach dem Besucher fragte, mit dem er einen Nachmittag im angeregten Gespräch verbracht hatte, antwortete Twain. »Er ist mir ganz unbekannt, aber er ist ein bemerkenswerter Mann – das gleiche gilt für mich. Wir beide zusammen wissen einfach alles; er weiß alles, was man nur wissen kann, und ich weiß den Rest.«

Ratschlag

Als Kipling im Laufe einer Unterhaltung Mark Twain um Rat in einer literarischen Angelegenheit bat, sagte dieser: »Erst einmal verschaffen Sie sich die Tatsachen, junger Mann, und dann verdrehen Sie diese ganz nach Belieben.«

Hineingestolpert

Je berühmter ein Autor, desto nachhaltiger die Fragen und desto verklärter die Vorstellungen über »den Weg zur Literatur«. Twain erklärte stets nüchtern und mit Understatement sein »Geschäft«: »Alles, was ich sonst unternommen hatte, war fehlgeschlagen, und ich war, ohne es zu wollen, in die Literatur hineingestolpert ... Man hatte mir einen erheblichen Beitrag dafür geboten, etwas für den Sunday Mercury zu schreiben, und ich reichte die Geschichte von ›Jim Wolf und den Katzen‹ ein. Ich bekam auch das Geld dafür – 25 Dollar. Es schien mir überreichlich bezahlt, aber das sagte ich nicht, denn ich war damals nicht so gewissenhaft wie heute.«

Tragische Familiengeschichte

Twain vermied es, Interviews zu geben, schließlich verdiente er nichts daran, während seine eigenen Beiträge von der Presse hoch honoriert wurden. Trotzdem war es einem Reporter gelungen, bei Twain einzudringen.

»Sind Sie das einzige Kind Ihrer Eltern«, wollte der Journalist wissen, »oder haben Sie noch Geschwister?«

»Daran kann ich mich leider nicht mehr erinnern«, entgegnete Twain.

»Das ist mir unverständlich«, sagte der junge Mann stirnrunzelnd. »Dort an der Wand hängt doch eine

Photographie, die Ihnen ungewöhnlich ähnlich ist. Ist das vielleicht ein Bild Ihres Bruders?«

»Ach ja, jetzt weiß ich es wieder. Das war mein bedauernswerter Bruder William.«

»Ist er gestorben?«

»Ja, oder vielmehr, ich vermute es. Wenn Sie es nicht weitersagen, will ich Ihnen das Geheimnis verraten. Wissen Sie, wir waren Zwillinge, der verblichene William und ich. Als wir beide kaum vierzehn Tage alt waren, wurden wir beim Baden verwechselt. Etwas später ist einer von uns gestorben, und man konnte nicht feststellen, wer es war. Einige nahmen an, es sei William gewesen, andere meinten, ich sei der Tote. Das bis heute nicht aufgeklärte Geheimnis ist darin zu sehen, daß einer von uns ein auffälliges Muttermal auf dem linken Handrücken trug. Dieses Kind ist dann gestorben. Und jetzt – Sie werden es schon erraten haben – muß ich Ihnen gestehen, daß ich dieses Kind war.«

Diagnose und Therapie

In einer Gesellschaft behauptete Twain, er wüßte ein unfehlbares Mittel für Schlafwandler. Ein Herr bat daraufhin dringlichst, Twain möge es ihm verraten, denn er leide unter derartigen Anfällen.

Twain riß ein Blatt aus seinem Notizbuch, schrieb etwas darauf und reichte es dem Herrn: »Dieses hier können Sie in jedem Schreibwarengeschäft kaufen.«

Der Empfänger des Zettels sah Mark Twain verwundert an und las dann das Rezept: »Eine große Schachtel Reißbrettstifte, jeden Abend vor dem Schlafengehen drei Eßlöffel voll davon rund um das Bett streuen.«

Auf den Geschmack gekommen

Einer der Freunde Twains war ein leidenschaftlicher Golfspieler. Einmal lud er Twain ein, beim Spiel zuzusehen. Sehr bald mußte der feststellen, daß der Freund sehr ungeschickt spielte. Meistens traf er statt des Balles nur den Rasen, und dem Zuschauer flog der ein oder andere Erdbrocken ins Gesicht.

Als der Freund ihn fragte, wie ihm denn der Golfplatz gefalle, versicherte Twain: »Ausgezeichnet! Ich habe noch niemals einen besseren gekostet.«

Aberglaube

Mark Twain war sehr abergläubisch, und es gehörte zu seinen Grundsätzen, niemals an einem Freitag eine wichtige Sache zu unternehmen. Immer wieder behauptete er: »Der Freitag ist für mich ein Unglückstag.« Er mußte deshalb viel Spott über sich ergehen lassen. Einmal fragte ein Bekannter: »Weißt du denn nicht, daß so berühmte Männer wie Gladstone, Tennyson, George Washington und Napoleon alle an einem Freitag geboren wurden?«

»Na also!« trumpfte Twain auf. »Was habe ich gesagt?! Lebt auch nur noch einer von ihnen?«

Zwei Männer vom Fach

Mark Twain traf mit einem Farmer zusammen, der ihm sein Leid wegen einer großen Dürre klagte: »Meine Schweine sind schon so mager, daß ich immer zwei zusammenstellen muß, damit sie überhaupt einen Schatten werfen!«

Aber das beeindruckte Twain wenig. Er übertrumpfte den Mann, indem er erwiderte: »Meine Schweine wären mir schon alle durch die Ritzen des Stalles davongelaufen, wenn ich ihnen nicht einen Knoten in die Schwänze gebunden hätte!«

Entwicklungsschub

Twain unterhielt sich mit einem jungen Mann, der über seinen eigenen Vater mit harten Worten urteilte.

Darauf meinte Twain (fernab biographischer Tatsachen, aber was wiegen die schon gegen eine Pointe): »Geben Sie die Hoffnung nicht auf, junger Mann. Als ich vierzehn Jahre alt war, war mein Vater ein so fürchterlicher Ignorant, daß ich manchmal seine Nähe nicht ertragen konnte. Als ich dann aber einundzwanzig war, mußte ich mich wundern, wieviel er in den vergangenen sieben Jahren dazugelernt hatte.«

Die Zehn Gebote

Ein als besonders scheinheilig bekannter Geschäftsmann aus Boston erzählte Mark Twain, daß er sich leider seinen größten Wunsch noch nicht habe erfüllen können, nämlich in das Heilige Land zu reisen.

»Ja, und was wollen Sie dort?« fragte Mark Twain.

»Ich möchte auf den Berg Sinai steigen und die Zehn Gebote im Original lesen.«

»Welche Umstände!« meinte Twain trocken. »Wäre es nicht viel bequemer, hier in Boston zu bleiben und die Zehn Gebote zu halten?«

Post mortem

In einer Gesellschaft entbrannte eine hitzige Diskussion über das Leben nach dem Tode, genauer: über Himmel und Hölle. Nur Twain hielt sich zurück. Schließlich wandte sich eine Dame an den Schriftsteller und fragte: »Wie stehen Sie zu diesem Thema?«

»Sie müssen mich entschuldigen, aber ich muß mich aus dieser Angelegenheit heraushalten – weil ich nämlich in beiden Lokalitäten gute Freunde habe.«

Von der Schwierigkeit, originell zu sein

»In welch glücklicher Lage befand sich Adam: Wenn er etwas Kluges sagte, wußte er, daß es niemand vor ihm ausgesprochen hatte.«

Mißverständnisse

Ein Bekannter verstrickte Twain in ein Gespräch über die Bibel. Der Mann sagte: »Ich habe Schwierigkeiten mit dem, was ich in der Bibel nicht verstehe.«

Mark Twain antworte: »Bei mir ist es genau umgekehrt. Ich habe Schwierigkeiten mit dem, was ich in der Bibel verstehe.«

Machen Sie es wie ich ....

In einer Gesellschaft kam Mark Twain die Ehre zu, die Gemahlin des Gouverneurs zu Tisch zu führen. Galant sagte er: »Wie phantastisch Sie aussehen, Madame!«

Die verwöhnte Dame entgegnete schnippisch: »Wie schade, daß ich von Ihnen nicht dasselbe sagen kann.«

Mark Twain darauf: »Machen Sie es wie ich, gnädige Frau, lügen Sie!«

Berühmtheiten

Twain hatte einst das Manuskript des »Springfrosches von Calaveras County« auf Empfehlung von Artemus Ward dem New Yorker Verleger Carleton angeboten, der es ablehnte.

Einundzwanzig Jahre später, bei einem Aufenthalt in der Schweiz, traf er den Verleger wieder, und dieser sagte zu ihm: »Wissen Sie, mein lieber Twain, es gibt einen Menschen, der noch berühmter ist als Sie.«

»Ja, sagen Sie ...?«

»Ich bin es! Eine meiner Entscheidungen hat mir Weltruhm verschafft. Ich habe vor Jahren Ihr Manuskript zurückgewiesen. Darum gelte ich heute konkurrenzlos als der größte Esel des Jahrhunderts.«

Versöhnung und Rache

Twain gestand im Gegenzug zu der großmütigen Entschuldigung des Mr. Carleton, daß er ihn im Laufe der einundzwanzig Jahre im Geiste mehrmals jährlich umgebracht habe, und zwar auf je andere und grausamere Weise, nun aber besänftigt, zufriedengestellt und glücklich, ja überglücklich sei, und fortan wolle er ihn als geschätzten Freund betrachten – und ihn nie wieder umbringen.

Hundeleben

Ein Züchter rühmte sich vor Twain mit der ausgezeichneten Dressur seiner Hunde: »Wenn ich befehle, spring, dann springt der Hund. Wenn ich sage hinlegen, legt er sich platt auf den Bauch, sage ich friß, dann frißt er. Halte ich ihm ein Stück Fleisch unter die Schnauze und verbiete ihm, es zu fressen, dann rührt er es nicht an.«

Twain schüttelte den Kopf und meinte: »Sie wissen, daß ich Hunde sehr gern habe. Bis heute habe ich aber nicht geglaubt, daß es unter ihnen genauso große Narren gibt wie unter den Menschen!«

Post für Missy Cleveland

Auf seiner Europareise 1893 besuchte Twain seinen alten Freund Frank Mason, den amerikanischen Konsul in Frankfurt. Dieser packte jedoch gerade seine Koffer, denn in Amerika war ein neuer Präsident gewählt worden. »Ich habe meine Verabschiedung bekommen«, sagte Mason, »weil der Posten jetzt mit einem Demokraten besetzt werden soll.«

Twain fand das unerhört, schimpfte und versprach, die Angelegenheit in Ordnung zu bringen.

Noch am selben Abend schrieb er folgenden Brief an die Tochter des neuen Präsidenten, Miss Cleveland: »Meine liebe Ruth! Bisher habe ich mich niemals um die Parteipolitik gekümmert, und einer meiner Grundsätze ist, daß man keine Gunstbeweise von Regierungsmitgliedern erbitten sollte. Ich halte es aber für angebracht, mich persönlich an Dich zu wenden, um Deine Aufmerksamkeit darauf zu lenken, daß Dein Vater einen großen Fehler begeht, wenn er einen der besten Konsuln, die ich kenne, verabschiedet, nur weil er Republikaner ist und ein Demokrat die Stellung haben möchte.«

Nach einigen Ausführungen über Masons Verdienste schloß Mark Twain den Brief: »Es ist ja nicht so leicht, all dieses an einen Präsidenten zu schreiben, aber wenn Du mit Deinem Vater sprichst, erwähne doch diese Angelegenheit und sage ihm, was ich von einer Regierung halte, die einen verdienstvollen Beamten auf diese unfaire Weise behandelt.«

Einige Wochen später erhielt Twain ein Antwortschreiben von President Cleveland persönlich: »Miss Ruth Cleveland bestätigt den Eingang von Mark Twains Brief. Sie hat sich die Freiheit genommen, diesen dem Präsidenten vorzulegen, der sich hiermit für die Aufklärung bedankt und gleichzeitig versichert, daß Captain Mason nunmehr natürlich nicht entlassen wird.«

Wer sich darüber wundert, daß die Tochter des Präsidenten nicht selbst geantwortet hat, dem muß gesagt werden, daß die junge Dame damals noch keine zwei Jahre alt war.

Preispolitik

Mark Twain war bei einem Geschäftsmann zum Mittagessen eingeladen, der mit seinem Reichtum prahlte und keine Gelegenheit versäumte, die Gäste auf seine hohen Ausgaben für die servierten Gerichte hinzuweisen. Während des Essens empfahl der Gastgeber aufdringlich einige besonders teure Trauben, die er direkt aus Kalifornien hatte schicken lassen. Erwartungsvoll sah er Twain an, in der Hoffnung, dieser würde einige anerkennende Worte sagen. Der Humorist ließ ihn nicht vergeblich warten und rief zum Vergnügen der anderen Gäste laut und deutlich: »Ja, das sind wirklich ganz herrliche Trauben! Ich werde mir noch für zehn Dollar davon nehmen!«

Gesinnungswechsel

Twain schrieb an den Stahlunternehmer, Multimillionär und Philanthropen Andrew Carnegie folgenden Brief: »Sehr geehrter Herr! Wie ich höre, sollen Sie sehr reich sein und trotzdem auch die Frömmigkeit Ihrer Mitmenschen fördern. Ich wünsche mir nun schon so lange ein Gesangbuch, kann aber den für mich unerschwinglichen Preis von anderthalb Dollar nicht aufbringen. Wenn Sie mir nun ein Gesangbuch schenken, wird Ihnen die ewige Seligkeit gewiß sein.

Ihr sehr ergebener Mark Twain.

P. S.: Schicken Sie mir doch kein Gesangbuch, sondern lieber die anderthalb Dollar.«

Der amerikanische Traum

Twains Bonmot »Ich habe was gegen Millionäre, aber wenn ich die Chance hätte, einer zu werden, könnte ich für nichts garantieren« charakterisiert durchaus den umtriebigen Schriftsteller, der trotz beträchtlicher Einkünfte aus seinen Veröffentlichungen stets nach lohnenderen Unternehmungen Ausschau hielt und dem geschäftlichen Erfolg ebenso nachjagte wie der Anerkennung in den höheren Gesellschaftskreisen.

Und doch hatte er etwas gegen Millionäre, nahm die scharfen Gegensätze seiner Zeit wahr, die man bald nach seinem Roman »The Gilded Age« das »vergoldete Zeitalter« nannte. Er zog gegen die Vanderbilts, Carnegies und Rockefellers zu Felde, die als Selfmade-Men den amerikanischen Traum lebten und riesige Vermögen anhäuften, scheinbar aus dem Nichts, tatsächlich aus der völlig unregulierten Ausbeutung der Naturressourcen und der menschlichen Arbeitskraft. Twain sah diese schrankenlose Expansion und den hemmungslosen Luxuskonsum, mit dem sie dem einst so verhaßten und verachteten Lebensstil des europäischen Hochadels nacheiferten. Als Mark Twain gab er diesem Zeitalter den Namen, als Samuel Clemens wollte er teilhaben an Luxus, Geld und Lebensart der oberen Zehntausend.

Gebremst

Mark Twain wußte zu unterscheiden, wie radikal er seine Kritik an der »Geldlust« der Amerikaner, seine Verbitterung über die »verdammte Menschenrasse« und seine Absage an den »gewissenlosen Gott, diesen moralischen Kretin« in seinen Texten fassen durfte, wenn er sein größtes Ziel, gelesen zu werden, nicht verfehlen wollte. Auch folgte er diesbezüglichen Ratschlägen seiner Frau und seines Freundes Howells.

Nicht jedes Manuskript machte er öffentlich, und nicht jedes nahmen ihm die Verleger ab.

Galt nicht schließlich auch für diesen unabhängigen Denker, was er über sein Land gesagt hatte: »Die Güte Gottes erlaubte es, daß wir in unserem Land drei unschätzbare Reichtümer haben: die

Freiheit der Sprache, die Freiheit des Gewissens – und die Klugheit, diese Freiheiten niemals anzuwenden.«

Verfall der Sitten

Räuberische Unternehmer, bigotte Bürger, korrupte Politiker – das »vergoldete Zeitalter« hielt ausreichend von jeder Spezies bereit und lieferte beste Vorgaben für Twains Spottlust und seine sittliche Entrüstung. Kam jedoch persönliche Bekannschaft ins Spiel, verlor sein kritischer Blick an Schärfe.

Den Präsidenten von Standard Oil, Henry Rogers, Multimilliardär und Prototyp jener Schicht, die Twain so attackierte, lobte er als Inbegriff eines für das Allgemeinwohl tätigen Unternehmers – es waren ja auch ganze 8000 Dollar, die Rogers von seinen Milliarden abzweigte, um seinem verschuldeten Freund und Lieblingsautor Mark Twain unter die Arme zu greifen. Den von der Geschichtsschreibung einhellig als korruptesten aller amerikanischen Präsidenten eingeordneten Ulysses Grant sah Twain als Ehrenmann und setzte sich für ihn ein, als er sich in dubiose Geschäfte verstrickte.

Solche Freunde waren ausgenommen von Feststellungen wie dieser: »William Penn erwarb sich die ewige Dankbarkeit der Wilden, indem er sich einfach anständig mit ihnen einigte – oder doch wenigstens halbwegs anständig – auf alle Fälle anständiger, als es die Wilden gewöhnt waren. Er kaufte ihnen den ganzen Staat Pennsylvania ab und zahlte dafür, der ehrenwerte Mann – 40 Dollar in Gestalt von Glasperlen und ein paar gebrauchten Decken. Dafür kaufte er den ganzen Staat. Und heute könnte man das Doppelte bieten – und es wäre nicht einmal das Parlament dieses Staates dafür zu kriegen.«

Ein großer, unersetzlicher Verlust

»Noch vor einem Jahr war ich überzeugt, daß kein ehrlicher Mensch in den Vereinigten Staaten zu finden sei, mich selber ausgenommen ... Dann stieg ich ab, mit Rockefeller und Carnegie und ein paar Goulds und Vanderbilts und ein paar anderen professionellen Schiebern, und schwor mir meine ganzen Steuern vom Hals wie der Gewissenloseste aus der ganzen Bande. Ich war für Amerika ein großer Verlust, denn ich war unersetzlich. Ich bin überzeugt davon, daß es fünfzig Jahre dauern wird, bis ich einen Nachfolger finde. Ich glaube, daß die gesamte Bevölkerung Amerikas ... korrupt ist, wenns um den Dollar geht.«

Die Segnungen der Demokratie

»Es ist schon ein großer Trost bei Wahlen, daß von mehreren Kandidaten nur einer gewählt werden kann.«

George Bernard Shaw schreibt an Mark Twain

»Ich bin überzeugt, daß der künftige Geschichtsschreiber Amerikas Ihre Werke ebenso unentbehrlich findet wie ein französischer Geschichtsschreiber die politischen Abhandlungen Voltaires. Ich erkläre das, weil ich der Autor eines Theaterstückes bin, in dem ein Priester sagt: ›Die Wahrheit zu erzählen, das ist der größte Witz in der Welt.‹ Dieses Stückchen Weisheit habe ich mit Ihrer Hilfe gelernt.«

Erfindergeist, Erfinderpleiten

Twain begeisterte sich für technische Erfindungen. Da ist er ganz eins mit jenem Yankee, den er die Segnungen eines Edison oder Bell an König Artus' Hof tragen ließ, so wie er selber dafür sorgte, daß sie schnellstens Einzug in sein Leben hielten – etwa als er den ersten privaten Telefonanschluß in Hartford installieren ließ, und Hartford war die erste Stadt der Welt überhaupt, die das Telefon einführte.

Aber es reizte ihn auch die geschäftliche Seite: Aus Erfindungen, davon war er überzeugt, müßte die höchste Rendite zu schlagen sein. Also wurde er selbst zum Erfinder, ließ die schriftstellerische Arbeit fast gänzlich ruhn und dachte nach über Dampfgeneratoren, Eisenbahnbremsvorrichtungen, neue Druckverfahren und anderes mehr. Er ließ eigene Patente eintragen: für eine Hutnadel, ein Gesellschaftsspiel, ein Einklebebuch. Es brachte ein paar

Dollar ein, weitaus weniger jedoch, als er sich erhofft hatte.

Dann aber kam die Sache mit der Setzmaschine ins Rollen.

Es begann damit, daß ihn ein Nachbar aufsuchte, um einen Aktienanteil an einer Setzmaschine – einer ganz einmaligen, leistungsstarken, fast schon fertig entwickelten Maschine – anzubieten, und Twain griff zu. Aber ihr genialer Erfinder Mr. Paige wurde nicht fertig, Jahr für Jahr fraß seine Erfindung eine Unmenge Geld – und funktionierte am Ende doch nicht. Als dann auch noch Twains eigener Verlag in die roten Zahlen kam, türmte sich ein Schuldenberg von fast 200000 Golddollar auf.

Twain sah sich 1894 gezwungen, Konkurs anzumelden. Seine zahlreichen Versuche, Geld aufzutreiben, verhalfen ihm zu der Erkenntnis, daß »eine Bank eine Einrichtung ist, von der Sie sich Geld leihen können – vorausgesetzt, Sie können nachweisen, daß Sie es nicht brauchen.« Und knurrend stellte er fest: »Ein Bankdirektor ist wie ein Mann, der seinen Schirm an jemanden ausleiht, wenn es schönes Wetter ist, und der den Schirm zurückfordert, wenn es zu regnen beginnt.«

Erstes Börsengesetz

Als Ergebnis seiner eigenen verlustreichen Aktivitäten an der Börse zog Twain die Bilanz: »Für Börsenspekulationen ist der Februar einer der gefährlichsten Monate. Die anderen sind Juli, Januar, September, April, November, Mai, März, Juni, Dezember, August und Oktober.«

Vortragsbeutezug

Twain war jedoch nicht nur einer unter vielen Bankrotteuren, er war eine bekannte Persönlichkeit. Also tat er, auch unter Olivias Einfluß, öffentlich kund, seine Gläubiger auf 100 Cent pro Dollar auszahlen zu wollen.

Um seine Schulden begleichen zu können, begab er sich im Juli 1895 in Begleitung seiner Frau und seiner Tochter Clara auf eine Vortragsreise – er nannte es »Vortragsbeutezug« – durch alle fünf Kontinente. Obwohl er überall begeistert aufgenommen wurde und in ausverkauften Sälen las, so daß er von den Stationen der Reise Geld an seine Gläubiger überweisen konnte, behagte dem Sechzigjährigen die Aussicht, für ein Jahr scherzend und lachend durch die Welt zu ziehen, keineswegs. Es kam der angeschlagene Gesundheitsszustand hinzu.

An einem Abend in Melbourne begrüßte er die zahlreich erschienenen Zuhörer: »Der Doktor sagt, ich bewege mich hart am Rand einer Krankheit. Nun, da mag etwas Wahres dran sein, ich liege nämlich den ganzen Tag im Bett und versuche, seinen giftigen, streitsüchtigen, aufrührerischen Medizinen gut zuzureden, damit sie sich vertragen. Aber wenn ich abends aufstehe und so wie heute begrüßt werde, dann fühle ich mich jung und gesund und kann mir nicht vorstellen, wirklich hart an der Grenze des Krankseins zu sein. Und wenn schon: Mein Leben lang stehe ich hart an der Grenze, ein Engel zu sein – und doch ist noch nie etwas draus geworden.«

Trauer und Rettung

Im Juli 1896 kam Twain mit seiner Frau und seiner Tochter Clara in England an. Sie mieteten ein Haus in Guildford und erwarteten die Ankunft der Schwestern Susy und Jean. Doch es traf die Nachricht von Susys Erkrankung ein. Mrs. Clemens und ihre Tochter gingen sofort an Bord eines Dampfers und brachen nach Amerika auf.

»Drei Tage später«, so Mark Twain, »als meine Frau und Clara etwa die Hälfte des Ozeans überquert hatten, stand ich in unsrem Eßzimmer, als mir ein Telegramm in die Hände gedrückt wurde. Es lautete: Susy erlag Blutandrang und Hirnhautentzündung und verschied heute friedlich.«

Twain traf der überraschende Tod seiner Lieblingstochter schwer. Und es plagten ihn Schuldgefühle, wie so oft zuvor ... Wie damals, als sein Sohn Langdon starb und er sich die Schuld daran gab, weil er eine Kutschfahrt mit dem stets kränkelnden Jungen gemacht hatte; wie damals, als sein über alles geliebter Bruder Henry, der es Sam gleichtun und Lotse werden wollte, bei einer Schiffsexplosion auf dem Mississippi ums Leben kam; wie damals in Hannibal, als ein Landstreicher im Gefängnis verbrannte, und Sam es war, der ihm zuvor Streichhölzer für eine Tabakspfeife gegeben hatte ...

Monate später, noch immer in London, schrieb er an seinen Hartforder Freund, den Geistlichen Joseph Twichell: »Ich arbeite, aber das tue ich, um zu arbeiten, für das Nachlassen des Kummers, das darin zu finden ist. Ich arbeite den ganzen Tag, und die Mühsal verschwindet, wenn ich diesen Zauber verwende. Dieses Buch (Following the Equator) wird nun nicht mehr lange zwischen dem Kummer und mir stehen. Aber das ist ohne Bedeutung. Ich habe viele ungeschriebene Bücher, zu denen ich mich retten kann.«

Schuldenfrei

Nach dem Tode Susys begab sich Twain erneut auf Reisen, begleitet von seiner nach London zurückgekehrten Frau und Tochter Jean, wegen deren angeschlagener Gesundheit die Ärzte einen mehrmonatigen Aufenthalt in Schweden empfahlen. Die Familie hielt sich in der Schweiz auf und längere Zeit in Wien, wo Twain »von morgens bis abends befeiert und begessen wurde« und Tochter Clara ihrer Ausbildung als Konzertpianistin nachgehen konnte.

In hektischer Arbeit entstanden neue Bücher und Artikel; er hielt Vorträge; und eines Tages im Jahr 1898 war es den amerikanischen Zeitungen mehr als eine Schlagzeile wert, daß Twain seine Gläubiger ausbezahlen konnte.

Twain resümierte: »Mein Gott, sind wir froh darüber, daß die Schulden nun zu Ende gehen! Zum erstenmal in meinem Leben finde ich mehr Freude daran, Geld auszugeben, als es einzunehmen!«

Abrüstungspolitik

William T. Stead, ein seinerzeit bekannter Friedensapostel und Spiritualist – letzteres soll ihn befähigt haben, zwar nicht den Untergang der Titanic vorauszusehen, immerhin aber als eines der Todesopfer dieser Katastrophe eine postume Nachricht an die Hinterbliebenen zu senden –, jener Mr. Stead also richtete, als der russische Zar 1898 ein Manifest mit einem Abrüstungsvorschlag bekanntgab, die Anfrage an Mark Twain, wie seine Einstellung zur Frage der Abrüstung wäre.

Stead erhielt folgenden Brief als Antwort: »Lieber Mister Stead! Der Zar ist zur Abrüstung bereit! Ich bin es ebenfalls. Versuchen Sie jetzt, alle übrigen Menschen dafür zu gewinnen. Das kann ja nun nicht mehr so schwer sein. Ihr Mark Twain.«

Atelierbesuch

Mark Twain besuchte den in London lebenden berühmten Maler James Whistler in seinem Atelier.

»Nicht schlecht«, meinte Twain und betrachtete ein gerade vollendetes Bild, »aber die Wolke da oben in der Ecke will mir nicht so recht gefallen.« Dabei machte er eine Handbewegung, als wolle er die Wolke wegwischen.

»Um Himmels willen!« schrie der Maler. »Seien Sie doch vorsichtig! Die Farbe ist noch nicht trocken!«

»Nur keine Aufregung«, entgegnete Twain, »ich habe ja Handschuhe an.«

Hohlköpfe

Die Phrenologie, von Spöttern als Beulologie bezeichnet, kam in Mode: Akademiker und Scharlatane betasteten und vermaßen Köpfe und deuteten die Charaktere.

Twain suchte den Londoner Phrenologen Professor Fowler im Abstand von drei Monaten auf, um sich den Kopf lesen zu lassen. Bei seinem ersten Besuch blieb er inkognito.

Fowler entdeckte zunächst eine Mutbeule und attestierte einen eisernen Willen und unbegrenzte Furchtlosigkeit. Das gefiel Twain: »Ich war erstaunt und sehr befriedigt: das hatte ich nie zuvor vermutet.«

Doch dann fand der Phrenologe einen Hohlraum genau an der Stelle, an der der Humor sitzt. Fowler sprach seinem Probanden jeglichen Humor ab.

Beim zweiten Besuch tauchte er als Mark Twain auf. Fowler erinnerte sich offensichtlich nicht. Aus dem Hohlraum wurde nun »die erhabenste Humorbeule«, die ihm je zu Gesicht gekommen war.

Alles hat seinen Preis

Als sich Mark Twain in London aufhielt, tauchte in amerikanischen Zeitungen das Gerücht auf, er läge im Sterben. Die Londoner Korrespondenten strömten zu Twains Wohnung am Tedworth Square, um sich nach seinem Befinden zu erkundigen. Sie waren eher verwundert als erfreut, den Schriftsteller lesend und rauchend und bei bester Gesundheit in seinem Arbeitszimmer anzutreffen.

Twain erinnert sich: »Einer dieser Männer war ein distinguierter, freundlicher und sympathischer Ire. Er erzählte mir, daß sein Blatt, The Evening Sun, ihm gekabelt habe, in New York werde gemeldet, Mark Twain sei tot. Ich sagte: ›Telegraphieren Sie zurück, die Meldung sei stark übertrieben!‹ Er lachte ganz und gar nicht, sondern ging gefaßt davon und gab ein Telegramm mit diesem Wortlaut auf.«

Und ein weiterer Reporter fiel Mark Twain auf. »Er hielt ein Telegramm von der New York World in der Hand und erregte meine Neugier, weil er offensichtlich versuchte, den Inhalt des Schreibens nicht preiszugeben. Bei erstbester Gelegenheit riß ich es ihm aus der Hand. Da stand: ›Liegt Mark Twain im Sterben, schicken Sie fünfhundert Wörter. Ist er tot, tausend.‹«

Alte Bekannte

Mark Twains englischer Verleger hatte den Schriftsteller an die Begleichung der Einkommenssteuer erinnert.

Twain schrieb zurück: »Die britische Regierung ist schon einmal in einen Krieg mit Amerika verwickelt worden, als sie von amerikanischen Bürgern die Zahlung von Steuern forderte. Es ist aber nicht mein Wunsch, die beiden Staaten erneut in einen Krieg zu ziehen. Außerdem bin ich auch mit dem Prinzen von Wales bekannt, der sich gewiß noch an mich erinnert. Ich fuhr damals auf dem Oberdeck eines Omnibusses an dem Prinzen vorbei, der an der Spitze seiner Soldaten ritt. Sicher besinnt sich der Prinz auch noch auf die Einzelheiten: ich saß auf dem Vorderplatz und trug einen grauen Mantel mit schwarzen Knöpfen.«

Eine englische Monatsschrift veröffentlichte diesen Brief.

Kurz darauf wurde Twain dem Prinzen von Wales vorgestellt, der ihm die Hand drückte und sagte: »Mister Twain, Sie haben sich aber kaum verändert!«

»Verändert?« fragte Twain verwundert. »Aber Hoheit haben mich doch noch niemals gesehen!«

»Da irren Sie sich aber, Mister Twain!« erwiderte lächelnd der Prinz. »Ich sah Sie doch, als Sie im grauen Überzieher mit schwarzen Knöpfen daran auf dem Autobus an mir vorbeifuhren, während ich Ihnen an der Spitze meines Zuges entgegenritt!«

Rauchschwaden

Twain, der leidenschaftliche Raucher, der von sich behauptete, auf die Welt gekommen zu sein mit der Frage »Hat hier jemand Feuer?«, bekannte: »Sich das Rauchen abzugewöhnen, ist die leichteste Sache, die man sich denken kann: Man hört einfach damit auf! Ich selbst habe das in meinem bisherigen Leben viele hundert Mal getan.«

Zwei Redner von Format

Winston Churchill hatte seine politische Karriere gerade erst begonnen, galt aber bereits als äußerst redegewandt.

Und Mark Twain war als Schnellredner bekannt.

Als Twain und Churchill sich um 1900 zum erstenmal treffen sollten, schlossen gemeinsame Bekannte Wetten darüber ab, wer von den beiden in einem Rededuell siegen würde. Einer der Wettlustigen meinte: »Wer von ihnen das erste Wort hat, der behält auch das letzte.« Ein anderer aus der Runde erklärte: »Ich tippe auf Mark Twain. Der ist älter und gerissener. Da wird Churchill dann seine Zunge ausruhen können.«

Als man Churchill später fragte: »Nun, wie haben Sie sich mit Twain unterhalten?« entgegnete er: »Ganz ausgezeichnet!«

Anschließend fragte man Mark Twain, der einen Augenblick überlegte und dann antwortete: »Ich habe einmal in Ruhe rauchen können.«

Ein reisemüder Globetrotter

1900 kehrte die Familie nach Amerika zurück. Bei der Ankunft in New York meinte Twain erleichtert: »Sobald ich an Land bin, werde ich mir beide Beine brechen, damit ich niemals mehr fort kann.«

Memory lane

Twain betrat nie wieder das Hartford-Haus*, mit dem sich die schmerzliche Erinnerung an Susys Tod verband. Er ließ sich in New York nieder und verkaufte das Haus 1903 – wie meist bei seinen Geschäften mit Verlust. Ein anderes Haus allerdings suchte der berühmte Autor noch einmal auf: Er fuhr nach Hannibal, dem Ort seiner Kindheit ... und Tom Sawyers Revier.

An Livy schrieb er: »Ich stand in der Tür des Hauses, wo ich vor dreiundfünfzig Jahren den Zaun anstrich ...«

Entschuldigt

Mark Twain war der Ansicht, in der sogenannten besseren Gesellschaft von New York achte niemand darauf, was der andere sage. Um diese Auffassung zu beweisen, verspätete er sich absichtlich bei einem

---

* heute ein Museum, »The Mark Twain House«, 351 Farmington Avenue, Hartford, CT 06105

Souper und sagte, als er eintrat, zur Dame des Hauses: »Bitte, entschuldigen Sie meine Verspätung. Aber ich habe noch schnell eine alte Tante umgebracht. Das hat etwas länger gedauert, als ich angenommen hatte.«

»Das macht doch nichts«, entgegnete die Frau mit strahlendem Lächeln. »Wir freuen uns, daß Sie überhaupt gekommen sind.«

Charmeur und Schlitzohr

In Begleitung eines Senators und dessen Gattin besuchte Twain die Metropolitan Oper in New York. Das war kein ungetrübter Genuß, denn die Dame redete während der Aufführung ununterbrochen auf ihn ein.

Am Ende bedankte sich Frau Senator dafür, daß er gekommen war, und fügte hinzu: »Ich hoffe, Sie werden wieder einmal unser Gast sein, vielleicht am kommenden Mittwoch? Dann gibt es ›Carmen‹.«

Twain konnte sich nicht verkneifen zu antworten: »Ich will dann gerne wiederkommen. In ›Carmen‹ habe ich Sie noch nicht gehört, Frau Senator.«

*»Wo sie war, da war das Paradies«**

Olivia Clemens erkrankte und war für fast zwei Jahre ans Bett gefesselt. Zwei Minuten täglich durfte Twain zu ihr – eine längere Gesellschaft des nervö-

* Zitat aus den »Tagebüchern von Adam und Eva«

sen, hyperaktiven Mannes wollten die Ärzte der Kranken nicht zumuten. Als sich Olivias Zustand besserte, rieten sie zu einem Aufenthalt in Italien. Die Familie trat hoffnungsvoll die Reise an, doch 1904 starb Olivia in Florenz.

Sie sollte in Elmira, neben den Gräbern von Susy und dem kleinen Langdon, beigesetzt werden.

An Bord des Schiffes bei der Überfahrt nach Amerika notierte Twain: »In diesen 34 Jahren haben wir viele Reisen zusammen gemacht, liebe Livy, und nun machen wir unsere letzte. Du unten, ganz allein, und ich oben, unter vielen Menschen, auch ganz allein.«

Ein gefeierter Autor

Twain war auf dem Höhepunkt seines Ruhmes. Amerika feierte ihn, und das Publikum verlangte nach ihm, der nach dem Tod seiner Frau gramvolle Monate verbrachte. Es dauerte, ehe er sich wieder mit den gewohnt feurigen Artikeln in den Magazinen meldete.

Die Besucher pilgerten in Scharen zum roten Ziegelhaus in der Fifth Avenue, Einladungen aus allen Ecken Amerikas trafen ein, Briefeschreiber baten um Rat, die Journalisten standen Schlange und fragten nach seiner Meinung zu all und jedem, der Ruf »Mark Twain for President« wurde laut, weder auf der Straße noch im Theater oder Restaurant konnte er sich blicken lassen, ohne umschwärmt oder gar um eine

Rede gebeten zu werden; und nahm er nicht teil an einem Empfang, einer Versammlung, einem öffentlichen Ereignis, so bat man wenigstens um einen seiner unnachahmlichen Briefe, um ihn den Anwesenden zu verlesen.

Twain genoß es, berühmt zu sein, er brauchte den Rummel um seine Person. Insbesondere, um dem Gefühl der Einsamkeit zu begegnen, das nach dem Tod seiner Frau nicht mehr weichen wollte, zumal sich Tochter Jean die meiste Zeit im Krankenhaus aufhalten mußte und Clara, die zwar bei ihm wohnte, die Gesellschaft des dominanten Vaters zunehmend mied.

Sonntags, wenn die Kirchgänger vom Gottesdienst kamen, bummelte der alte Mann in weißleinenem Anzug den Broadway entlang, ließ sich bewundern, erwiderte Grüße, gab Autogramme.

Nie hatte er sein Licht unter den Scheffel gestellt, doch vor verbalen Entgleisungen schützte ihn eine bewährte Methode: die grenzenlose Übertreibung. »Es gibt nichts«, meinte er, »was man auf ein Kompliment erwidern könnte. Ich habe selbst schon so oft Komplimente bekommen, und stets machen sie mich verlegen. Ich habe immer das Gefühl, es wäre nicht genug gesagt worden.«

Ein schrecklicher Fehler

Maxim Gorki, der nach internationalen Protesten aus dem Sankt Petersburger Gefängnis entlassen worden war, reiste 1906 nach New York. Euphorisch wurden er und seine Frau empfangen. Drei Tage lang bejubelten die Zeitungen ihn. Als eine »Hilfsbewegung zugunsten der Sache der Freiheit in Rußland« gegründet wurde, waren Mark Twain und Maxim Gorki die Redner.

Dann aber enthüllte eine New Yorker Zeitung, daß »Frau Gorki« gar nicht die angetraute Gattin war; die lebte seit langem getrennt, gleichwohl unterstützt von ihm in Rußland. Die Society nahm Anstoß und ging in volle Deckung: Bankette wurden abgesagt, das Weiße Haus gab bekannt, ein Besuch des Präsidenten sei nicht vorgesehen, Gorki mußte aus seinem Hotel ausziehen ... Doch da sich ein paar Tage darauf die große Erdbebenkatastrophe in San Francisco ereignete, war dieser Skandal dann kein Thema mehr für die Zeitungen.

Twain kannte seine Landsleute und ihre Moralauffassungen nur zu gut und äußerte einem Freund gegenüber: »Gorki hat einen schrecklichen Fehler begangen. Ebensogut hätte er in Unterhosen zu uns kommen können.«

Nachtragend?

In seiner Autobiographie, die er seinem Sekretär Albert Bigelow Paine diktierte, bedachte Twain den Verleger Elisha Bliss mit harten Worten. Nachdem einige Auszüge in der »North American Review« abgedruckt worden waren, fragte ihn jemand: »Sagen Sie, Mr. Twain, hassen Sie den Mann denn immer noch?«

»Nein, nein«, erwiderte Twain lächelnd, »er ist jetzt schon seit zwanzig Jahren tot, und ich kann ihn nur noch bemitleiden. Wenn es möglich wäre, würde ich ihm heute gerne eine Geburtstagskarte schicken.«

Verleger und ihr Stück vom Ruhm

Mark Twains Verhältnis zu seinen Verlegern kennzeichnete vor allem die Tatsache, daß er sich stets betrogen fühlte. Auch der eigene Verlag, dessen Geschäfte er in die Hände von Charles L. Webster legte – der mit der Tochter seiner Schwester Pamela verheiratet war –, bescherte ihm keine besseren Erfahrungen. Doch nicht nur in finanziellen Dingen stand er seinen Verlegern zeitlebens mißtrauisch gegenüber.

Charles Henry Webb hatte Twains erstes Buch, den »Berühmten Springfrosch von Calaveras« herausgebracht, tauchte ab, blieb ihm die Tantiemen schuldig und trat erst wieder als »Entdecker« Twains an die Öffentlichkeit, als sich der Ruhm des Autors abzuzeichnen begann. »Dann meldeten sich Bliss und die American Publishing Company* und verkündeten, sie hätten mich entdeckt, und später, sie hätten mich überhaupt geschaffen ... Im Laufe der Zeit beanspruchten noch andere dieses große Verdienst für sich. Sie tauchten in Kalifornien, Nevada und überall auf, und zuletzt kam ich zu der Überzeugung, ich sei viel öfter entdeckt und geschaffen worden als jedes andere Tier, das jemals den Händen des Schöpfers entsprang.«

Am Ende

Es waren nicht nur die persönlichen Schicksalsschläge, die dem Schriftsteller seine körperliche Robustheit nahmen und seine schriftstellerische Kraft lähmten. Auch Ruhm und Ehrungen, die er so reich erfuhr, halfen ihm nicht über die Verbitterung hinweg, die er angesichts der amerikanischen Zustände empfand. Sein demokratisches Ideal hatte sich als Schimäre erwiesen, sein Fortschrittsglaube ließ sich angesichts der imperialistischen Entwicklung nicht aufrechterhalten. Etwas war schief gelaufen in Amerika, lief schief in der Welt. Twain wußte nicht, was es war, aber er litt tief. Ein bitteres Fazit findet sich in der Geschichte »Der geheimnisvolle Fremde«, die erst sechs Jahre nach seinem Tod veröffentlicht wurde.

---

* Mark Twains zweites Buch, »The Innocents Abroad«, war hier erschienen

»Es gibt keinen Gott, kein Weltall, kein Menschengeschlecht, kein irdisches Leben, keinen Himmel, keine Hölle. Es ist alles ein Traum, ein grotesker und törichter Traum. Nichts existiert, nur du. Und du bist bloß ein Gedanke – eine schweifender Gedanke, ein nutzloser Gedanke, ein heimatloser Gedanke, der inmitten leerer Ewigkeiten umherirrt!«

Amerikas Spaßmacher

Der Romancier Waldo Frank beschreibt einen Auftritt des alten Schriftstellers auf einer Wohltätigkeitsveranstaltung: »Eine natürliche Grazie und naive Schüchternheit hafteten ihm an. Mark Twain! Er öffnete seinen Mund. Er zögerte. Und dann hörte man den langgezogenen, nasalen Klang seiner Stimme. Mark Twain – der Humorist – Amerikas Spaßmacher! Was er sagte, klang traurig und scheu. Aber alles lachte. Mark Twain trat ein wenig zurück ... Er fing noch einmal an. Wieder seine Stimme mit ihrem westlichen Akzent. Und wieder lachte alles. Fünf Minuten lang rang seine traurige Seele mit der Wirklichkeit um ihn – mit dieser Wirklichkeit, die lachen wollte. Sein Gesicht wirkte angespannt, sein Körper locker und nervös, seine helle Stimme wich allmählich vor dem stumpfen Vergnügen seiner Zuhörer zurück. Und dann gab er auf. Er entspannte sich, er fing an, Späße zu erzählen. Die Zuhörer lehnten sich zurück, die Gesichter zu einem Lächeln verzogen ... Mark Twain redete weiter drauflos. Langsam und ohne Lust kamen die Witze, plump fielen die Scherze von seinen Lippen. Und die Zuhörer fraßen sie, schlürften sie, brüllten vor Vergnügen!«

Nie im Leben!

Im Sommer 1909 erlitt Mark Twain einen Herzanfall. Noch einmal witzelte er: »Die Zeitungen sprechen davon, daß ich sterbe. Das ist falsch. Ich würde so etwas nie in meinem Leben machen.«

Ein müder, alter, weltberühmter Mann

Abgesehen von den Wintern, in denen Mark Twain sich auf den Bermudas aufhielt, um seine Bronchitis und sein Herzleiden zu mildern, verließ er das nach Olivias Tod gemietete Haus in New York nur noch für eine Reise nach England, wo er 1907 den Ehrendoktor von Oxford entgegennahm.

Doch entschied er sich, noch einmal ein Haus zu bauen: Ein Heim für Tochter Clara, wenn sie sich von ihren Reisen als Konzertpianistin erholen wollte, ein Heim für die unter epileptischen Anfällen leidende Tochter Jean, wenn sie aus dem Krankenhaus entlassen werden würde, und ein Heim für sich selbst, den müden, alten, weltberühmten Mann.

In Redding, Connecticut, ließ er das »Stormfield«-Haus bauen. Im Oktober 1909 fand im neuen Domizil die Hochzeit von Clara statt, und Weihnachten wollte er mit seiner Tochter Jean dort verbringen.

Am Morgen des 24. Dezember starb Jean.

Den Sarg, in dem sie nach Elmira überführt wurde, begleitete Twain nicht. Er wollte »nie mehr in das Grab eines Menschen hineinschauen«, der ihm teuer war.

Als Jean beigesetzt wurde, schrieb er die traurige Geschichte seines jüngsten Kindes. »The Death of Jean« war das letzte, was Mark Twain schrieb.

Das Leuchten der Kometen

»Ich kam im Jahre 1835 zur Erde, zur gleichen Zeit wie Halleys Komet. Im nächsten Jahr wird dieser zur Erde zurückkehren. Ich rechne damit, mit ihm gemeinsam auch wieder verschwinden zu dürfen. Sollte das unterbleiben, so wäre das die größte Enttäuschung meines Lebens. Vermutlich hat sich der Allmächtige gedacht: Ach, diese beiden komischen Käuze sind zusammen gekommen, sollen sie auch zusammen wieder verschwinden.«

Am 20. April 1910 passierte der Komet die Erde, am Tag darauf starb Mark Twain.

Biographische Daten und wichtige Werke

1835 Samuel Langhorne Clemens erblickt am 30. November in Florida, Missouri, als fünftes von sechs Kindern von John Marshall und Jane Clemens, geborene Lampton, das Licht der Welt. Zwei seiner Geschwister sterben im Kindesalter. Der Vater ist Kleinwarenhändler, Rechtsberater und Richter und ständig in finanzieller Not.

1839 Übersiedlung der Familie nach Hannibal am Mississippi.

1842 Die Famile verkauft ihre einzige Sklavin an den »Nigger-Händler« William Beebe, der den zu zahlenden Betrag schuldig bleibt.

1846 Umzug in das Haus des Apothekers Dr. Grant, dem Jane Clemens im Ausgleich für die Miete den Haushalt führt.

1847 Tod des Vaters. Der älteste Bruder, Orion, Drucker in St. Louis, kommt für die Familie auf.

1848-50 Laufbursche beim »Missouri Courier«, dann Druckerlehre.

1850 Setzer bei seinem Bruder Orion, der das »Hannibal Journal« erworben hat und das Wochenblatt »Western Union« herausgibt.

1853 Reist als wandernder Schriftsetzer durch den Osten und Mittleren Westen. Aus St. Louis, Philadelphia, New York und Washington D.C. schreibt er Reiseberichte, in New York

City verbringt er viele Abende in der öffentlichen Bibliothek. In den Zeitungen seines Bruders erscheinen fingierte Leserbriefe, satirische Skizzen, Anekdoten, Parodien, Lokalnachrichten.

1854 Als Setzer bei den »St. Louis Evening News«. Aufenthalt in Keokuk, Iowa, wo Orion eine Druckerei erworben hat. Die Mutter und Bruder Henry leben vorübergehend dort.

1855-56 Wieder in St. Louis. Plan einer Südamerikareise, geht zunächst nach Cincinnati, Ohio. Arbeit in einer Druckerei.

1857 Antritt der Reise. Gibt den Plan auf und läßt sich zu einer Lotsenausbildung anheuern.

1857-59 Lotsenausbildung, Erwerb des Patents.

1858 Tod des jüngeren Bruders Henry bei der Explosion eines Mississippi-Dampfers.

1859-61 Arbeit als Lotse auf Mississippi-Raddampfern. Durch sein Lotsengehalt bessert sich die finanzielle Lage der Familie.

1861 Mit Ausbruch des Bürgerkriegs verliert er seinen Lotsenjob. Nach dreiwöchiger Militärzeit in der Südstaatenarmee setzt er sich mit seinem Bruder Orion nach Westen ab. Ende des Jahres als Goldgräber in Unionsville.

1862 Im Koekuker »Gate City« erscheinen humoristische Artikel. Als Goldgräber erfolglos. Wird Reporter der »Territorial Enterprise« in Virginia City.

1863 Erstmals zeichnet er einen Artikel mit »Mark

Twain«. Sachliche Beiträge erscheinen weiterhin unter seinem bürgerlichen Namen. Nachdrucke machen ihn in Nevada und Kalifornien bekannt.

1864 Flucht aus Virginia City wegen eines Duells. Reporter des »Morning Call« in San Francisco. Bekanntschaft mit Bret Harte, veröffentlicht in dessen Wochenblatt »The Californian«.

1864-65 Erneuter Versuch als Goldwäscher in der Sierra Nevada.

1865 Rückkehr nach San Francisco. »The Celebrated Jumping Frog of Calaveras County« (Der berühmte Springfrosch von Calaveras) erscheint in der New Yorker »Saturday Press«.

1866 Als Reisekorrespondent der »Sacramento Daily News« auf den Sandwich-Inseln. Erste Vortragsreise in Kalifornien und Nevada. Nach der Rückkehr Vertrag mit der »Daily Alta California« über eine Reise in den Osten der USA.

1867 Aufenthalt im Mittleren Westen. Korrespondenzen erscheinen auch in New Yorker Zeitungen. Weihnachten in New York. Erste Begegnung mit Olivia Langdon. Erste Buchveröffentlichung »The Celebrated Jumping Frog of Calaveras County and Other Stories«.

1868 Arbeit als Sekretär eines Senatsmitgliedes.

1869 »The Innocents Abroad« (Die Arglosen im

Ausland) begründet den Ruhm des Autors. Beginn der Freundschaft mit William Dean Howells.

1870 Heirat mit Olivia Langdon. Der Schwiegervater schenkt eine Villa in Buffalo, New York, und macht Twain zum Teilhaber am »Buffalo Express«. Arbeitet dort als Redakteur, außerdem für die New Yorker »Galaxy«. Tod des Schwiegervaters. Sohn Langdon kommt als Frühgeburt zur Welt. Twain beginnt mit den Aufzeichnungen seiner Erlebnisse im Goldgräberland, gibt alle anderen Arbeiten auf und verkauft mit Verlust seinen Anteil am »Buffalo Express«.

1871 Läßt sich in Hartford, Connecticut, nieder. Unternimmt Vortragsreisen. Freundschaft mit Charles Dudley Warner und Joseph Twichell. In den folgenden Jahren verbindet er seine schriftstellerischen Aktivitäten mit ausgiebigen Reisen.

1872 Geburt der Tochter Susan. Tod des Sohnes Langdon. Aufenthalte in England mit Vortragsreisen. Bekanntschaft mit Robert Browning, Charles Reade und Lewis Carroll. »Roughing It« (Durch dick und dünn).

1873 Bau der Hartford-Villa. Schreibt gemeinsam mit Charles Dudly Warner den Roman »The Gilded Age« (Das vergoldete Zeitalter). Englandaufenthalt mit der Familie.

1874 Bezug des neuen Hauses. Geburt der Tochter Clara. »A True Story« (Eine wahre Geschichte). Beginn der Arbeit am Tom-Sawyer-Stoff.

1875 Im »Atlantic Monthly« erscheinen in Folge Aufzeichnungen aus der Lotsenzeit, »Old Times on the Mississippi« (Alte Zeiten auf dem Mississippi).

1876 »The Adventures of Tom Sawyer« (Tom Sawyers Abenteuer). Beginn der Arbeit am Huck-Finn-Stoff.

1877 Das Drama »Ah Sin« (O Sünde), zusammen mit Bret Harte, hat keinen Erfolg.

1878-79 Reise mit der Familie und seinem Freund Joe Twichell nach Heidelberg. Aufenthalte in der Schweiz, in Rom, München, Paris, Brüssel, Amsterdam, London.

1880 Geburt der Tochter Jean. »A Tramp Abroad« (Bummel durch Europa).

1882 Befährt den Mississippi und besucht Stätten seiner Kindheit. »The Stolen White Elephant« (Der gestohlene weiße Elefant), »The Prince and the Pauper« (Der Prinz und der Bettelknabe), »The McWilliamses an the Burglar Alarm« (Familie McWilliams und der Einbrecheralarm).

1883 »Life on the Mississippi« (Leben auf dem Mississippi).

1884 »The Adventures of Huckleberry Finn« (Die Abenteuer des Huckleberry Finn) erscheint im Verlag Webster & Co., dessen Hauptinhaber Mark Twain ist. In den folgenden Jahren wendet er sich fast ausschließlich wirtschaftlichen Unternehmungen, spekuliert erfolglos, stürzt sich in riskante Verlagsvorhaben und finanziert über Jahre die Entwicklung einer Setzmaschine.

1888 »Mark Twains Bibliothek des Humors«, eine von ihm selbst herausgegebene Anthologie.

1889 »A Connecticut Yankee in King Arthur's Court« (Ein Yankee an König Artus' Hof).

1890 Tod der Mutter.

1891 Europareise mit der Familie. In den kommenden neun Jahren hält er sich die meiste Zeit in Europa auf, nimmt anfangs seinen Wohnsitz in Berlin. Rheumakuren in französischen und böhmischen Bädern.

1892 »The American Claimant« (Der amerikanische Präsident).

1893-94 Die allgemeine Wirtschaftskrise führt auch Twain in den Ruin. Bankrott des Verlages Charles L. Webster & Co. »The #1,000,000 Bank Note and Other New Stories« (Die Eine-Million-Pfund Note)

1894 »Tom Sawyer Abroad« (Tom Sawyers neue Abenteuer), »The Tragedy of Pudd'n'head Wilson« (Querkopf Wilson).

1895-96 Vortragsreise durch alle fünf Kontinente, um Geld für die Bezahlung seiner Schulden aufzutreiben.

1896 In England erfährt er vom Tod der Tochter

Susy. »Tom Sawyer, Detective« (Tom Sawyer, der Detektiv). »Personal Recollections of Joan of Arc« (Persönliche Erinnerungen an Jeanne d'Arc) erscheint zunächst anonym.

1897 Tod des Bruders Orion. Dreijährige Reise durch Europa mit Aufenthalten in Österreich und der Schweiz. »How to tell a Story and Others« (Wie man eine Geschichte erzählt), »Following the Equator« (Reise um die Welt)

1900 Nach Zwischenaufenthalt in Schweden Rückkehr nach New York, gefeiert von der Bevölkerung. Ehrendoktor der Yale-Universität in New Haven. »The Man that Hadleyburg Corrupted« (Der Mann, der Hadleyburg korrumpierte).

1900-05 Zuwendung zu politischen Themen. Aufsätze und Pamphlete.

1904 Olivia Clemens stirbt in Florenz. Tod der Schwester Pamela. Twain zieht sich in das gemietete Haus 21 Fifth Avenue in New York zurück. »Extracts from Adam's Diary« (siehe 1906).

1905 »King Leopold's Soliloquy« (König Leopolds Selbstgespräch).

1906 Twain beginnt Albert Bigelow Paine seine Autobiographie zu diktieren. »What is Man? and Other Essays« (Was ist der Mensch), »Eve's Diary« (Das Tagebuch von Adam und Eva), »The #30,000 Bequest and Other Stories« (Die Dreißigtausend-Dollar-Erbschaft).

1907 Veröffentlichung von Auszügen aus der Autobiographie. »A Horse's Tale« (Die Geschichte eines Pferdes). Reist nach England, um die Ehrendoktorwürde von Oxford entgegenzunehmen.

1909 »Captain Stormfield's Visit to Heaven« (Kapitän Stormfields Besuch im Himmel). Bezieht das Landhaus »Stormfield« in Redding, Connecticut. Leidet zunehmend unter Herzbeschwerden und Bronchitis, sucht Linderung auf den Bermudas. Tod der Tochter Jean.

1910 Reise auf die Bermudas. Rückkehr am 14. April nach Redding. Twain stirbt am 21. April. Er wird in der Brick Church in New York aufgebahrt, wo ihm Tausende die letzte Ehre erweisen. Beisetzung im Familiengrab in Elmira.

Die Auflage seiner Bücher zu seinen Lebzeiten beträgt allein in Amerika 5 500 000. Postum erscheinen 1916 »The Mysterious Stranger« (Der geheimnisvolle Fremde), 1924 »Mark Twain's Autobiography«, 1946 politische und sozialkritische Schriften aus dem Nachlaß, 1963 »Letters from the earth« (Briefe von der Erde).

Quellen

Mark Twain, A Biography. The Personal and Literary Life of Samuel Langhorne Clemens by Albert Bigelow Paine, Free Ebooks from the Classic Literature Library © 2004
Mark Twain's Speeches, Free Ebooks from the Classic Literature Library © 2004
Mark Twain's Letters, Complete, arranged with comment by Albert Bigelow Paine, Free Ebooks from the Classic Literature Library © 2004
Mark Twain, Ausgewählte Werke in zwölf Bänden, Hrsg. Karl-Heinz Schönfelder, Berlin, 1960 ff.
Mark Twain, Das Tagebuch von Adam und Eva, Leipzig und Weimar, 1984

Zahlreiche Anregungen entnahmen wir:
Schönfelder, Karl-Heinz, Mark Twain. Leben, Persönlichkeit und Werk, Halle 1961
Jerry Allen, Das abenteuerliche Leben des Mark Twain, Hagen und Stuttgart, o. J.
Mein Papa Mark Twain im Tagebuch seiner dreizehnjährigen Tochter Susy, Frankfurt/Main, 1987
Thomas Ayck, Mark Twain in Selbstzeugnissen und Bilddokumenten, Reinbek 1974
http://members.fortunecity.com *(Lesarten)*
und insbesondere der Sammlung: Mark Twain in der Anekdote, Hrsg. Karl Zentner, München, 1967

Anekdoten bei Eulenspiegel

Mozart-Anekdoten
... zu viele Noten !
128 S., geb., 9,90 Euro
ISBN 3-359-01312-3

Hacks-Anekdoten
Was ist das hier?
130 Anekdoten über Peter Hacks und dreizehn anderweitige
96 S., geb., 9,90 Euro
ISBN 3-359-01305-0

Einstein-Anekdoten
Wozu Socken? Sie schaffen nur Löcher!
144 S., geb., 9,90 Euro
ISBN 3-359-01309-3

Fontane-Anekdoten
Ein gewisses Quantum Mumpitz
128 Seiten, geb., 9,90 Euro
ISBN 3-359-00953-3

Friedrich-August-Anekdoten
Macht Euern Dreck alleene!
128 S., geb., 9,90 Euro
ISBN 3-359-01304-2

Friedrich II.-Anekdoten
Versetzt den Kerl zur Infanterie!
144 S., geb., 9,90 Euro
ISBN 3-359-00951-7

Anekdoten bei Eulenspiegel

Goethe-Anekdoten
Willst Du staunen, Flegel?
144 S., geb., 9,90 Euro
ISBN 3-359-00957-6

Königin-Luise-Anekdoten
Wohl oder übel muß ich armes Weibsen dran
144 Seiten, geb., 9,90 Euro
ISBN 3-359-00958-4

Napoleon-Anekdoten
Das ist die Sonne von Austerlitz
128 S., geb., 9,90 Euro
ISBN 3-359-01303-4

Oscar-Wilde-Anekdoten
Allem kann ich widerstehen, nur der Versuchung nicht
128 S., geb., 9,90 Euro
ISBN 3-359-01306-9

Thomas-Mann-Anekdoten
Er konnte ja sehr drollig sein
144 S., geb., 9,90 Euro
ISBN 3-359-01310-7

Zille-Anekdoten
Mal'n Schluck in de Destille und een bißken kille kille ...
128 S., geb., 9,90 Euro
ISBN 3-359-01300-X

ISBN 3-359-01311-5

Rosa-Luxemburg-Str. 39, 10178 Berlin
Buchgestaltung: Matthias Gubig, unter Verwendung
eines Fotos von Mark Twain, um 1900
Druck und Bindung: Salzland Druck, Staßfurt

Die Bücher des Eulenspiegel Verlags
erscheinen in der Eulenspiegel Verlagsgruppe.

www.eulenspiegel-verlag.de